月曜日が、死んだ。

新馬場新
SHINBANBA Arata

JN066670

文芸社文庫 NEO

目次

プロローグ　普遍的人生についての記述

ここに断言しておこう。俺が忙《せわ》しなくまばたきをしながらゲームやアニメ、その他ポップカルチャーに恋慕《れんぼ》の情を抱き続けたあの時代を「平成」というらしいが、「嗚呼《ああ》、我は平成に生きている！」と意気軒昂《いきけんこう》に人生に向き合った記憶なぞ、一片《いっぺん》たりともない。

自分の生きる時代を意識しながら日々を歩むなど、それこそ坂本龍馬《さかもとりょうま》的器《てきうつわ》を擁《よう》する偉人予備軍くらいのものであろう。そんな器の大きい人間ばかりになったら、この小さな列島は息苦しくてたまったもんじゃない。俺は列島民の酸欠を避けるために意図的にボケッと過ごしていた。やる気がなかったわけではない。

そんな列島想いの俺は現在、高く澄み渡った十月の青空の下《もと》、アラサー男子を四人も引き連れて、国立天文台の野性味溢れる敷地内を汁だくで駆けている。そのシルエットたるや、まるでやる気に満ち満ちた在りし日の坂本龍馬のようで、実に暑苦しい。

この追ってもなんの得もない熱々《あつあつ》のおっさん予備軍に追いすがるのは、百鬼夜行も裸足で逃げ出すカルト集団と眼光鋭い社会不適合者の群れ、加えて国家権力の権化《ごんげ》官僚様たちである。

不満と愚痴を両頬いっぱいに詰めたハムスターの如きふくれっ面で代わり映えのしない社会人街道をひた走っていた俺は、現在、半《なか》ば強制的にこの受動的冒険を享受《きょうじゅ》させられている。

後ろを走るアラサー男子どもからは「このビッグウェーブに乗りたい」だの、「ちょいとロックンロールがすぎる」だの、「疲れちゃった」だの、多彩な野次《やじ》や泣き言がひっきりなしに飛んでくる。挙句の果てには、この珍奇な状況に対して「納得のいく説明をしろ」という横暴な意見すらあがる始末だ。「納得のいく理由」などここ数年持ち合わせていない俺に、それを訊くのは酷というものだろう。

さて、どうしてこうなった。なぜこのような可笑《おか》しな状況に我が身は投じられたのか。

たしかに、かつての俺——主に中学、高校のいたいけな時代——は受動的冒険を渇望していた。それは認めよう。色恋沙汰は起こすものではなくむやみやたらと起きるものだと少年雑誌で学んだので、毎朝のホームルームではヒロイン的要素を充分に備えた清雅《せいが》な美少女が転校してくることを期待してやまなかったし、真面目に学生生活を送っていれば一度や二度はテロリストによって校舎が占拠されるものだと信じて疑わなかったので、授業中は熱心に対テロリスト用戦闘行動を脳内シミュレートしていたりもした。また、いつ異世界に飛ばされてもいいように通学鞄の中には小型ナイフや保存食、ロープなども常備していた。

無論、生徒指導を標榜する非人道的な抜き打ち荷物検査でそれらが発見されて怒られたのは言うまでもない。

次の日からクラスでのあだ名は「無人島生活」であった。

健全な男の子はみなそのようにして受動的冒険を期待して育つ。それは疑いようもない事実である。真偽のほどはかつて健全な男の子だった自身の胸に訊いてみるがよい。麗しき乙女だったという者は、手近な男子を捕まえて尋問するのがよいだろう。

しかし、そんな裏付けのない確信に裏付けされた受動的冒険への期待を胸に抱き、漫然と日々を過ごす時代はとうの昔に終わったのだ。

そう、日夜「なにか起きないかな」と受動的冒険を期待していた少年時代は無情にも終わりを告げ、代わりにはじまったのは、日々「なにも起きませんように」と能動的安定を望む社会人生活であった。

だが、今こうして後ろを振り返ってみれば、統一感のない魑魅魍魎《ちみもうりょう》が汗とも汁ともつかない液体を草木に散らしながら追いかけてきている。絵面も、情緒《じょうちょ》も、不安定極まりない。

本当に、どうしてこうなった。それは話すと多少なりとも長くなる。闇鍋のような状況にいたいけな我が身が投じられた裏には、勇者や姫君が出てくるような王道を力いっぱい踏み抜いて、日常の愚痴でその穴を塞いだような不格好な物語がある。この悲話をうかうかと聞こうものなら、月曜日の朝も真っ青なほどの陰鬱《いんうつ》な気持ちになるかもしれない。

それでもどうか、かつて少年だったあなたには、いや少女だったあなたにも、幾ばくかの時間を割いてほしい。

これは、あなたの話かもしれないからだ。

第一章　月曜日が、死んだ。

『現在、日本ではブルーマンデー症候群の発症数が激増。それに伴い、各地で月曜日排斥運動が過激化しております——』

型落ちの三十二型液晶テレビから流れる女性アナウンサーのハキハキとした声が、安い発泡酒の効用で弾力を失った俺の鼓膜を執拗に揺らし続ける。液晶画面には、暇なのかそうでないのかわからない、普段なにをしているのかもまったく不明な運動家の方々が、貴重な休日を潰してまで月曜日に対する不満を路上で叫んでいる姿が鮮明に映し出されていた。

くだらない。なんでこんな陰鬱なニュースを日曜日の夜に見なきゃならんのだ。すでに残り半分になった発泡酒を一気に飲み干す。ふとテーブルに目をやると、スマホのＬＥＤライトが新着メッセージの取得を知らせる緑色に明滅していた。

おそらく、妹からの他愛のない近況報告だろう。大学生はなんだかんだ気楽そうで羨ましい。

今の俺は齢《よわい》二十六にして独身、彼女なし。いわゆる、平成原産の草食サラリーマンだ。自身の名誉のために言っておくが、彼女いない歴＝年齢ではない。俺だって人並みに恋愛はしてきたつもりだ。とは言っても、これはひどく主観的な「人並み」であり、もしかしたらひと夏しか生きられない蟬よりも、その恋愛経験値は低いのかもしれない。

しかしながら、これは仕方のないことだとも言える。義務教育では恋愛について講釈を垂れる体育教師や国語教師はいても、しっかりと学問としての「恋愛」を教えてくれる教師などいなかったからだ。ゆえに、顔もよく機転も利く輩《やから》どもは学校の勉強そっちのけで恋愛の自主学習に励んでいた。俺はそういった輩を陰ながら尊敬しつつも、表では恨みとつらみを武器に日夜白兵戦を繰り広げていた。無論、勝ったことはない。

義務教育を脱し、高校に上がった頃には、長年の観察と研究で身に付けた我流恋愛術で全校女子生徒のハートをメタメタにしてやろうと息巻いていたが、みな他流試合を嫌うのか、俺の土俵に上がってくる女子は皆無だった。

ぐるぐるに巻かれた臭い息は結果として己の首を絞め、漏れ出す苦しげな声につられて集まってきた四人の阿呆《あほう》どもとその後の日々を過ごす羽目になった。悲しきことに、藍色《あいいろ》というよりも哀色《あいいろ》の青春三年間はそのまま幕を閉じた。唯一の甘い思い出といえば、帰り道に野郎五人で啄《ついば》んだ糖質たっぷりのバナナクレープの味だけである。履修し忘れた青春をライトノベルや漫画で補完したのは、言うまでもない。

高校の卒業式の翌日、なぜこんなダイヤの原石の如き男を世の女性は無視するのか妹に問うたところ、妹は憚《はばか》らず「原石を買って磨くのめんどうでしょ」と言い放った。たしかにインスタントに楽しむのであれば無研磨の原石ではなく洗練された宝石であろう。その日、俺はローファーの呪縛から解放されたかかとの角質を軽石で削りながら静かに泣いた。

哀色の日々に目を眩《くら》まされ、なんとなく進学した大学では「恋愛学」なる軽薄不埒《けいはくふらち》な講義も開かれていたが、俺はこれを果敢にもスルー。法学部であるにもかかわらず宇宙科学の講義に入り浸り、この世界の深淵に夢を見た。

夢の見すぎでついに瞼《まぶた》が開かなくなった俺は、大学構内でも人生という道の上でも頻繁に迷子になっていたが、それを支えてくれたのが最初にして最後の彼女である中里《なかざと》さんであった。彼女は磨いても光る兆《きざ》しのない俺にも、その月光のように美しい笑顔を向けてくれたのだ。

彼女が今なにをしているのか、なにが好きでなにが嫌いだったのかさえ、今は覚えていない。むしろ、最初から知らなかったという説まである。ルナティックパワーが宿るという怪しげな物品をいくつか押し売られ、学食で頻繁に奢らされたこと以外に、俺と彼女の間に思い出はない。

なにせ彼女は、ある日を境に俺の前から忽然《こつぜん》と姿を消したのだ。

はたしてあれは付き合っていたことになるのだろうか、と一度妹に訊いてみたことがある。センチメンタルになりやすい秋だったこともあってか、親身になって泣いてくれた。そして涙に濡れた声で、こう言ったのだ。「よく頑張ったね、完全敗北だよ」と。

つられて、俺も泣いた。涙を拭った手首には、ルナティックパワーが宿るという怪しげなブレスレットが燦然《さんぜん》と輝いていた。

それでも、社会人になった今、思うことがある。

あの頃はよかった。

当時は気がつかなかったが、俺の人生はよくも悪くも輝きや生気に満ち溢れていた。

そう、あの頃の俺は、たしかに自分の人生を生きていた。

それが、今はどうだ。

満員電車に揺られ会社に行き、満員電車に揺られ家に帰り、寝て起きて、また会社に行く。この行動をするためだけに、なんと俺は会社に行ってお金を稼いでいる。つまり、会社に行くために会社に行っているのだ。

それが週二日程度なら、まだ許せよう。残り五日を趣味の時間にあて、アニメや漫画、ゲームなどのポップカルチャーを網羅的に享受し、時にはサイクリングで汗を流す。そんな文化的で最高水準な生活を送ることもできた。

しかし、現実は誰が考えたのか不条理であり、五日働いて二日しか休みがない。おそらく、このルーティーンを考えた人間は簡単な計算もできなかったと推察される。五と二では釣り合いが取れないことなど、就学前の幼児ですら理解できる。

せめて週休三日。いや、働くことのカロリーの高さを考慮すれば、週休四日はあっていいはずだ。

いや、待て。よくよく考えてみれば、七日という区切りを最初に用いたのは天地創造の神ではなかったか？　おまけに、その神は七日間のうち最後の一日しか休んでいない。なるほど、現代社会がおかしなルーティーンで回っているのは、創造神のブラックな勤務形態のせいであったか。悠長に「光あれ」などと言っているから、六日目も働くことになるのだ。

この神話に基づく最低のルーティーンの中でも最悪なのが、月曜日だ。日曜日の夜が一番嫌だという意見もあるが、俺は月曜日のほうが嫌だと腹の底から叫べる。俺の裏腹な性格はマイノリティを優遇する傾向にある。ゆえに、週に二日しかない休日を責めることなどできやしないのだ。

憎むべきは月曜日。この教えは各宗教の聖典に加えなければならない。そのためには早々に会社を辞め、宗教活動に従事しなければならないだろう。こうしてはいられない。早速、あり余った慈愛と博愛と友愛の精神をどう在庫処分するか考えなくては。

意《い》気《き》揚々《ようよう》と本棚にある宗教社会学の本に手を伸ばす。すると、我が城の壁面に仰々しく掛けられたカレンダーが目に入った。

月は五月。ゴールデンウィークと呼ばれるメッキまみれの連休はすでに役目を終え、今や紙面に残っているのは、灰色の毎日のみ。その中でも唯一、愛らしく顔を紅潮させた日曜日が迫りくる漆黒の月曜日に迫害されていた。

俺は手に握った空の缶を握り締め、呟く。

「おまえと飲んでもつまらんわ。この悪魔めが」

*

朝起きていつもどおりに身支度をして、いつもどおりの時間に家を出る。元号は変わりこそしたが、俺の日常には少しの変化もない。町を包むちょっとしたお祭り気分とスーパーの特売だけが、改元の影響を伝えるばかりだ。

先週よりも少し湿度の増した朝の空気を自転車で裂き、京急蒲田駅から電車に揺られる。最寄り駅である大崎駅に着くと、自分の意志とは関係なく人の流れに呑まれ、目的地へと運ばれていく。狭小《きょうしょう》なプラットホームから伸びる細いエスカレーターは、まるで工場内のベルトコンベアのようであり、そこに乗ったサラリーマンは製造ライン上の部品と言って差し支えない。

いつもなら鬱屈した空気から脳みそだけでも逃避させるため、「川ちゃんのマンデーモーニング」なるお笑い芸人のバカげたラジオを聞きながら出社するのだが、今日はめずらしくイヤホンを自宅に忘れてしまっていた。

美人女優の赤井愛がゲストに来るというから、楽しみにしていたのに。

「ご通行中のみなさん！」

しっとりとため息を吐いていると、イヤホンで蓋のされていない無防備な耳に、拡声器で押し広げられた薄っぺらい声が飛び込んできた。

不運にもご通行中の俺は、声の鳴るほうに目を向けてしまう。

「どうして週の最初にあるというだけで、月曜日だけが嫌われなければならないのでしょうか。憎しみのカルマに囚われてはなりません。人類が五次元にアセンションし、種としての進化を遂げるためには、時間を超越《ちょうえつ》し、曜日の境目を博愛の精神で踊り渡ることが必要不可欠なのです。憎しみを捨てましょう。全ての曜日を愛しましょう。ルナティックパワーを信じましょう。主は人類進化の鍵として、時間の区切りである七曜《しちよう》を設けたのです！」

どうやら日本語らしい。高三秋の模試で国語の偏差値四十三を叩き出した俺が言うのだから間違いない。

忘れもしない、あれは「七曜の会」という新興宗教団体だ。

ブルーマンデー症候群なる、言ってしまえば「月曜日のことが嫌いすぎて精神に異常をきたす病」が全世界的に流行《はや》りだしてから世間に現れた謎の多い団体。最近現れたばかりだというのに世界中に信者がおり、教祖であるアヤコ・センターヴィレッジが書いた書籍は八か国語に翻訳され、何百万部も売れているベストセラーらしい。

しかし、俺自身その本を書店で見たことがないし、知り合いの中国人や英国人に訊いても「アニメの話か？」と一蹴されてしまったことがある。

そもそも週のはじめは月曜日なのだろうか。カレンダーだけを見ると日曜日であるのだが、そこのところはどういう解釈に基づいているのだろうか。ぜひ、教祖様の書いた本を読んで知見を得たいところだ。

きっと私立文系大学出身の俺如きには理解できないような、高度に哲学的で数学的知見にも富んだ高尚な理論が、華麗な国語的文法によって理路整然と書き連ねられているに違いない。

＊

「おーい、ナカガキ」

「なんすかー」

ナカガキとは、俺の姓である。中堅の中に垣根の垣で「中垣」と書く。取り立ててめずらしくもなく、一方でそこらへんにいる名前ってわけでもない。まさに俺を象徴するのにふさわしい名だ。

「コラボ企画のやつ、監修戻ってきた？」

「いや、まだっすね。担当の錦《にしき》さん、いつも水曜日に返答くれるんで」

「えー、困ったなあ」

「デザイン修正の関係で監修出し遅れたから、しゃーないっすね」

俺が運営を担当するゲームタイトルのディレクターであり、そのまま上司でもある堺《さかい》さんは親父よりも一世代若い年齢で、細い身体に襟付きシャツが似合う男である。筋金入りのオーディオオタクでもあり、いつも首に高そうなヘッドフォンを掛けている。

また愉快なことに、首元を飾るヘッドフォンは曜日によって種類が変わるため、周囲の人間はその色や形によって今日が何曜日かを判断できる。

例えば、メタリックブルーのヘッドフォンなので今日は月曜日、ダークレッドなので今日は火曜日、といった具合だ。

「ところで、ナカガキって最近有休取得したっけ？」

「いや、取ってないっすよ。なんでですか？」

「なんか人事部が有休取得率うんぬんで騒いでてねえ……。どっか取れそうなタイミングない？」

「んな暇ないっすよ」

「えー、困ったなあ」

この「えー、困ったなあ」というのは堺さんの口癖で、本当に困った時には出てこない。一般的な口癖に当てはめると「なるほどね」や「そうなんだ」あたりが妥当であろう。

「堺さーん！　ライセンス部から電話ですっ。コラボの契約の件で」

成人男性二人が朝から醸し出した陰鬱な空気を超大型扇風機の如く吹き飛ばしてくれたのは、天真爛漫《てんしんらんまん》が服を着た女こと、入社二年目の定本《さだもと》さんである。ライトブラウンのショートボブから垂れさがる大ぶりのドロップ型イヤリングが、笑うようにしゃらりと揺れる。

「えー、困ったなあ」

俺の二個後ろの席に位置する美大卒のお洒落女子定本さんに呼ばれ、堺さんはそそくさと去っていく。首元のメタリックブルーのヘッドフォンが蛍光灯の光を受けてちらちらと光る。

「えー、困ったなあ」と言ったその背中は、本当に困ってなさそうだった。

＊

昼休憩に入り、惣菜を量《はか》り売りしてくれる社食で安上がりなランチでも胃に収めようと席を立つと、午前休を取っていた後輩の片岡《かたおか》がタイミング悪く出社してきた。

俺を見つけた途端、いつものへらへらとした顔で近寄ってくる。

「あ、先輩メシっすか？　ぼくも行きます」

「おまえコンビニでメシ買ってきてるじゃんか。おとなしく席で食っとけよ」

「えー、なんでそんなこと言うんすか。いいから一緒に食べましょうよ。これ、夜食にするんで」

「ったく、しょうがない奴だな。というか、夜食食うほど残業すんなよ」

「先輩に言われたくないっすね」

気がつけば、俺の顔もへらへらしていた。こいつはなにかと纏わりついてきて厄介ではあるが、俺の怠惰な表情筋を動かすのに一役買ってくれている。

「うるせえ」

専門学校を卒業して即入社してきた彼は、社会人三年目だというのに未だ二十三歳という暴力的な若さを有している。どこかの雑誌でモデルをしていますと言われれば「たしかに」と頷けるほど整った外見をしており、爽やかさにコーティングされた内面は、小学四年生からなにも成長していませんと言われれば「そのとおりだ」と点頭するほどに純粋である。

その純粋さは折り紙付きで、学生時代に某巨大動画共有サイトで小銭稼ぎをしようと試みた際には部屋中を彩り豊かな泡で満たし、あわや屋内で溺死しかけたという逸話を持つ。救出してくれた大家さんにはこっぴどく叱られ、動画は再生数が二千回止まりという、凄惨《せいさん》かつ中途半端な結果で終わったらしい。チャレンジ精神溢れる阿呆だ。

「先輩、今度また生配信やろうと思うすけど、なにかいいネタないっすかね」

「そうだな、軽く世界でも救ってみたらどうだ。古典的だが、大衆ウケすると思うぞ」

「えー、もっと真面目に考えてくださいよー」

そんな彼とともに我が社自慢の無駄に洒落込んだ社食に着くと、これまた無駄にお洒落に設計され、逆に座りづらくなってしまっている座席群を見渡した。昼時なので当たり前なのだが、ほとんどの席が埋まっている。

「ったく、みんな外で食えよな」

「その〝みんな〟には先輩は含まれてないんすか？」

「その説が有力だな。ちなみに、おまえはその〝みんな〟に含まれている可能性が高い」

「またまた、一緒に食べたいくせに」

「んなわけあるか。――お、唐揚げ」

行儀よく進む列の流れを一瞬せき止め、俺はそこそこ安く、ほどほどに量のある鶏の唐揚げをお皿に盛りまくった。唐揚げ愛好家集団といっても過言ではない日本の小学生たちが今の俺を見たら、きっと尊敬の念を抱くに違いない。そうだ。彼らを唐揚げで手懐《てなず》け、俺の作ったゲームをクリスマスや誕生日に親にねだらせれば、その脅威の売上本数から易々《やすやす》と有名ゲームクリエイターの座に上り詰められるのではないか？

「それにしてもまだっすかねえ、三連休」

俺の高邁《こうまい》なライフプランの見直しを邪魔してきたのは、一番安いもやしのナムルをこれでもかとお皿に盛っている片岡である。

「次はいつっすかねえ。できれば月曜日が休みのやつ。あの真っ赤に照れてる月曜日がなんともいじらしいですよね、先輩」

「なに言ってんだ。あれは照れてんじゃねえよ。労働者をズタボロにした返り血で真っ赤に染まってんだ」

無知な後輩を憐れみ、俺はため息をひとつ吐く。

そう、あれは恥じらいの赤ではない。断じてそうではないと言える。逆にここまで労働者に憎まれておいて恥じらっているのだとしたら、それはもうサイコパスだ。

いやしかし、サイコパスだとしたら奴の蛮行《ばんこう》も辻褄《つじつま》が合う。なるほど、片岡は月曜日がサイコパスだと言いたかったのか。

感心して顔を上げると、片岡はすでにいなかった。

清算を済ませ、話しかけておきながら先に行ってしまった非情な後輩を探すべくきょろきょろと目を動かしながら社食を闊歩《かっぽ》していると、視界の隅に一瞬、もやしナムルを口に放り込みながら微笑む阿呆面が映った。「嫌だ、あの席行きたくない」とも思ったが、よくよく見ればその阿呆面の対面《といめん》には歩く天真爛漫こと、定本さんもいた。

「ナカガキさん、お疲れさまです！」

「定本さん、お疲れさま。またパクチー山盛りにして……」

「パクチーは身体にいいんですよっ。ネットの受け売りですけど」

「先輩、遅いっすよ」

「もの食ってる時に喋るな、このもやし野郎」

　片岡を睨みながら席に着く。隣に座る定本さんは別名カメムシソウと呼ばれる青菜をむしゃむしゃしながら「そうですよ。お行儀悪いですっ」と、俺の叱責に賛同を示した。なんと心許《こころもと》ない賛同か。

「もしかして迷ってたんすか？」

「おまえが三連休うんぬんの話をするから律義に答えてたんだよ」

「ああ、その話ですか。思ったんですけど、ぼく再来週の月曜に有休使うことにしました。三連休がなければ、作ってしまえばいいんですよ！」

「それはかまわないが……。休んでなにすんの？」

「ちょっと彼女と箱根の温泉にお出かけしてきます」

「あー！　言ってやろ！　堺さんに言ってやろ！　片岡君が色ボケで会社休みますって言ってやろ！」

「たぶんオーケーもらえると思いますけどね、なんか人事部が有休使えうんぬんとか言ってたんで」

　桃色の頬を弛ませながら、もやしをもぐもぐとする片岡を見て、俺は「日本に恋人税の導入を志す気骨のある政治家はいないのか！」とやおら涙ぐんだ。

「先輩、今日は昼から悪態《あくたい》の勢い半端ないっすね。定時過ぎならまだしも」

「俺の悪態は常にこの勢いだ。もし環境省に目を付けられたら、その勢いでタービンを回して東日本の発電に協力してくれないか、と頼み込まれるかもしれないな。もちろん、俺はその依頼を甘んじて受け入れる。喉が枯れるまで悪態を吐き、新たなクリーンエネルギーとしての立場を確立するだろう。最終的には、そこで得た富と名声を活かして――」

「誰もそんな汚い電力は望んでないっす」

「そうです。家電がかわいそうです」

至極真っ当な意見を国民の二人からいただいたため、俺の悪態発電計画は白紙に戻ってしまった。あと少しで、日本の環境問題のひとつが解消できそうであったというのに。

「若者の未来がまたひとつ暗くなってしまった……」

「なーに言ってんですか。ねえ、さだもっちゃん」

「そうですよ、ナカガキさん。元気にいきましょう。元気にっ」

山盛りのパクチーを平らげた定本さんは俺に憐憫《れんびん》をかけたあと、背筋をぴしゃりと正し、小さく「ごちそうさまでした」と呟いた。

「でも、ぼくらの未来ってたしかにちょっと暗い感じしますよね」

「もう、片岡さんまでネガティブなこと言う。ダメですよ、若者のわたしたちが明るくなくっちゃ！」

　そう語る定本さんの顔は目を背けたくなるくらい明るくて、俺は自分の発電量の貧弱さに、本日幾度目かのため息を吐き出した。

＊

　大崎駅から山手線に乗り込むと、満員電車とは呼べないが車内はかなり混雑していた。どうやら帰宅ラッシュの時間に重なってしまったらしい。

　早く帰りすぎるのも考えものかもしれない。

「五反田にいいバーがあるんですよ。部長も今度ぜひ」

「いいねぇ。行こうか」

　月曜日からアルコールの匂いをむんむんと漂わせる中年サラリーマンたちに囲まれて、俺は電車に揺られた。せめて美女をあてがってくれればよいのに、とも思ったが、痴漢の冤罪《えんざい》が怖いので中年男性でよかったのかもしれない。

　乗り継ぎ先の京急線でも中年男性に揉まれ、ようやく京急蒲田駅に戻ってくると、駅ビルに入っているスーパーで買い物をしてから愛車が待つ駐輪場へと向かった。

　俺はバーなんて小洒落たところには行かない。スーパーで発泡酒やチューハイを買うだけだ。このくらいが身の丈に合っている。

というよりも、近年の飲料メーカーの躍進は凄まじく、バーになぞ行かなくとも本格的なアルコールを摂取できるのである。それもお手頃価格で、だ。「こんな文明の進歩を享受せずに、バーに行くとはなにごとか！」と、俺は世の中の気取ったサラリーマン連中を集めて、小一時間ほど説教したいと常日頃考えている。

また、オンラインサロンでも開講して、この崇高な理念を今のうちから前途有望な学生諸君にも植えつけておきたいという野心も胸の内に秘めている。受講料はもちろん取る。どうせバーに行く奴なんぞは、いざ女性と逢瀬《おうせ》を楽しむ際に「俺の行きつけのバーに行こうか」という台詞を吐くためだけに行っているのだろう。

ああ、忌々しい。そして、少しだけ羨ましい。

家に着くと真っ暗な部屋が俺を出迎えてくれた。手探《てさぐ》りで電気を点け、即シャワーを浴び、名前もない男飯《おとこめし》を作って腹を満たすと、強烈な眠気が襲ってくる。

ちょっと待ってくれ、日曜日に読み切れなかった本があるんだ、と俺は本棚に手を伸ばす。しかし、疲れ果てた脳みそは活字が流れ込んでくるのを嫌ってか、身体をベッドへと移動させようとしてくる。

かろうじて手に取った文庫本を開きはするが、その三秒後には「無念」と呟き、そのまま本棚に戻した。こんな寝ぼけ眼《まなこ》で読むのは作者に失礼だ。

ベッドにごろんと寝転がる。見上げた天井は、以前よりも近くに見えた気がした。

これからの人生の大部分は仕事をして、帰ってきて眠るだけで終わるだろう。もちろん「それでいいのか？」と考えたこともある。仕事に「やりがい」を見出し、精力的に働く。たしかに、そういう生き方もある。

けれど、今俺が多少なりとも得ているやりがいは、カロリーゼロのヘルシーなものであり、このままそれだけを摂取していたら心が痩せ細っていくばかりだ。

「これが俺の人生か」

呟き、目を閉じる。「生きていくためには仕方ないんだ」「みんな我慢しているんだ」と自分を納得させて、また明日のために、読みたい本に栞《しおり》を挟み、布団に潜り込む。

そんな日々はこれからも続いていくのだろう。

あの本を読み終えられるのは、いったいいつだろうか。

今の俺には、わからなかった。

＊

気がつけば、再び日曜日になっていた。この間、なんと体感で二秒ほどである。

月曜日から始まる毎週恒例の死の行軍（家にいる時間も精神的に疲れるので行軍時

間に含むのは世の定説である）は、時間にして百二十時間あるはずなのだが、ほとんど一瞬で終わってしまった。ちなみに土曜日の記憶はない。この四年で心の防衛機能がアップデートを重ね、休日出勤の記憶は忘れるようになったのだ。

貴重な終日休みをこのままベッドの上で過ごすのも癪《しゃく》だったので、身体の隅にかろうじて残った人間らしさを掻き集め、日の光を求めてふらふらと外に出た。

太陽はすでに高い位置で輝きを放っている。ふてぶてしいことこのうえない。

京急蒲田駅の駐輪場に愛車を停め、読書にでも洒落込もうかと駅の一階にある全国チェーンのカフェにぬるりと入店したが満席であった。「こんちくしょう！」と怒りたくなる気持ちを紙蓋《かみぶた》のような不安定極まりない理性で抑え込み、俺はもうひとつの蒲田駅へと足を伸ばす。

京急蒲田駅から他路線の蒲田駅までは徒歩移動が必須になり、その距離はおよそ乗り換えで済まされる長さではない。両駅を結ぶ蒲蒲線《かまかません》の開通はジュラ紀から望まれているとされているが、新生代第四紀になっても実現されていない。そして、おそらく実現されないだろう。横浜駅の工事が終わらないのと同じくらいに明白なのだ。

断絶された蒲蒲を結ぶ蒲田東口商店街を抜け、もうひとつの蒲田駅に着くと、京急側とは比べものにならないほどの人でごった返していた。

東京都への人口集中にぷりぷりと怒りながら、しかたなく商店街まで戻り、個人経営の小さな喫茶店に入る。

『川ちゃんのぉサンデーアフタヌーン！　さて本日もはじまりました川ちゃんの――』

「ブレンドひとつ」

「はぁい」

『――というわけで、本日のゲストの聖正隆《ひじりまさたか》教授は著書「未来のための実践宗教学」で――』

初老のマスターが垂れ流すラジオの音はＢＧＭというにはいくらか騒がしく、出てくるコーヒーもどこか深みがない。よくこれで経営が成り立つものだ、と思ってはいるものの、いつでも空いているこの店を俺はわりかし気に入っていた。

『――なので、初詣は毎年家族で行っていますし、おみくじも引くようにしています』

「はい、ブレンド」

「どうも」

『――つまり、巫女に代表されますように、古来より生きとし生けるものは神と繋がっているということです。これに関して興味深い話がありましてですね。島根県のとある浜の――』

「ミルクはどうされますか？」

『へえ！　つまり、そのイカちゃんたちは由良《ゆら》の神様に会うために鳥居をくぐるんですねえ』

「いや、大丈夫っす」

閑古鳥《かんこどり》代わりにラジオが鳴いている喫茶店でぱらぱらと文庫本を読み耽り、発泡酒を買って家に戻れば、月曜日の影が時計の向こうに見え隠れしていた。

俺は部屋の真ん中で「はぁ」と大きなため息を吐く。

日曜日の夜と月曜日の朝には、世界中の学生や労働者の吐くため息が偏西風や貿易風に乗り世界を駆け巡る。俺も例に漏れず、酒臭いため息を広い世界へと送り出す。アドリア海のボラも、南フランスのミストラルも、この労働者のため息がもとになっているとは誰も思っていないであろう。

こんなふざけた妄想をしつつ、さきいかのパックを大胆に開け、それを安い発泡酒とともに胃に流し込んでいるこの間にも、時計の針は月曜日へと邁進《まいしん》していく。

「時よ、なぜそう生き急ぐ」

なんだか、最近やけに一週間が早く過ぎていくように感じる。子どもの頃はもっと一日一日が長かったはずだ。なぜ早くなったのかはナントカという理論で説明できるらしいが、どうやら記憶が風化するのも早くなったようだ。

隣人が洗濯機を回す音を聞きながら、淡い記憶を瞼に投影する。生産性なんて度外視の、けれどたしかに充実していた、かつての日常。

それが、今となっては——。

「あの時、なんの話をしてたんだっけ」

薄ぼけた記憶の片隅で、かつての想い人がなにかを囁いている。

それは、大切な約束だったような。

「まあ、いいや」

薄れゆく意識の中で目に映ったものは、ＳＮＳに友人が投稿したなんとも物騒極まりない文字列。俺は小さく笑うと、朧げな記憶を噛み潰し、その文字列を口に出してから眠りに落ちた。

「月曜日なんて、死んじまえ」

＊

鳴り響く目覚ましのアラーム。愉快か不愉快かで言えば、それは純度百パーセントで後者であり、甲高く、脳みそを起こすよりも鼓膜と精神に損傷を与えることに特化した音は、ともすれば音響兵器になりうるだろう。

また月曜の朝が来た。いや、来てしまった。もう飽きるほど感じたこの憂鬱。死の行軍の切り込み隊長にして大総督の月曜日。仰向けで見上げた年季の入った白磁《はくじ》色の天井は、いつにも増して淀んだ色に見える。

「嫌だなあ」と「行きたくないなあ」の間を、休日の空気を吸って重くなった布団の中で五百回ほど往復したあと、何分こうしていられるか確認するため、枕元のスマホを手に取って時間を確認した。

そこで俺は跳び起きる。充電ケーブルに繋がったままのスマホが手から零れ落ち、布団の上で極めて小さく跳ねた。

普段なら「人間は仰向けの体勢からここまで跳ねられるものなのか」と感心をするところであるが、今回はその余裕がなかった。

二度見、いや、五度見はしたスマホのロック画面には、慎ましやかなサイズで「火曜日」と表示されていた。そんなおかしなことはない。これが真実だとすると、俺は丸一日寝ていたか、あるいは日付変更線を跨いで反復横跳びでもしたことになる。

俺はとにかく部屋中の情報端末を確認した。常に点けっぱなしのパソコンには、スマホと同様に火曜日と表示され、枕元に置いてあるリモコンで急いでつけたテレビは、なにやら液晶の向こうが騒がしかった。

ふと、部屋の片隅に目をやる。あるはずのものがなかった。

それは、まったく水をやっていない観葉植物でも、大学時代にあの子から買い取ったルナティックパワーが宿るという神聖なマグカップでもない。

子どもの頃から、いや、俺が生まれるより遥か昔からそこにあったものが、綺麗さっぱりなくなっているのだ。

「うそ、だろ……」

全世界のサラリーマンに憎まれる超重罪人。限りなく不名誉なノーベル憂鬱賞の受賞者。壁に掛けられたカレンダーから、あいつが消えていた。

「月曜日が、ない……」

第二章　受動的冒険の発端

大田区は糀谷のとある単身者用アパートの一室では、現在人類史でも稀に見る大混乱が巻き起こっていた。簡潔に言おう、「月曜日がない」のだ。

なにを言っているのか、自分でもよくわかっていない。ただ、この部屋のありとあらゆる曜日を伝える文明の利器たちが、月曜日の存在を隠匿《いんとく》しているのである。

電子機器はまだわかる。どこかの高名なハッカーだかクラッカーだかが、電子の海から「月曜日」という概念を消し去ったという、年末ジャンボ考案者ですら「さすがに望み薄」と唾棄《だき》する可能性が、わずかながらに存在しているからだ。

しかし問題はカレンダーである。この見事に計算しつくされた格子状《こうしじょう》の紙切れからも、月曜日が消失してしまっているのだ。

七つあった曜日は六つに再編され、ひと月の日数は減ることなく、三十一個の数字たちが綺麗に日火水木金土と割り振られている。六列と六行のマス目にぎゅうぎゅうに押し詰められた曜日はどれも苦しそうで、見ているこっちの息が詰まりそうだ。

誰だ、こんな悪趣味なカレンダーを作って我が城に忍び込み、こっそりと掛け替えた奴は。画鋲《がびょう》の穴を増やすと、大家さんに怒られるというのに。

けれど、ベッド上を這い、どれだけ近付いて観察してみても、画鋲の穴はひとつだけであり、二十七日のマス目には「クレカ返済日」と自身の筆跡《ひっせき》でしっかりと記してあった。

もしや、俺は月曜日に追い詰められて精神錯乱に陥ったのではないか。

それならば納得がいく。テレビから流れてくる嘘みたいに動揺している女性アナウンサーの声も、「月曜日が消えました」という今元号最大につまらないジョークも、全て夢、または妄想だと言われればすんなりと受け入れられる。

だが、どうだろう。昨日飲み残した一本百八円の発泡酒から香る独特の匂い。食い散らかされたさきいかのパック。妙にディテールが凝りすぎている。夢や妄想とは、もっとふわふわと無秩序なもののはずだ。いささか、現実をトレースしすぎではないか。

外の様子を見ようとベッドから降りると、友人に将棋盤と間違えられた真四角の小洒落たローテーブルに脛《すね》をぶつけてしまう。その激痛たるや、まるで悪夢の如きものだったのだが、この痛みはそれ以上に心的なダメージをもたらした。

夢の中ですら痛覚が機能しているなんて話、聞いたことがない。

つまり、これは――。

「なんなんだ、いったい！」

独りごつと、充電ケーブルに接続されたままのスマホのＬＥＤライトが緑に明滅した。妹の楓《かえで》からのメッセージだ。

恐る恐る手に取り、ワンタップで開封する。

『お兄ちゃん！　月曜日死んじゃったよ！』

『勝手に殺すな。有休でも使ったんだろ』

このような非常事態においても、ウィットのある即時返信を心がけるのはおもしろい兄としての矜持《きょうじ》である。また、この「おもしろい兄」としての矜持が妹にはまったく伝わっていないことは語らなくても明らかであろう。それどころか、「わかりにくいからやめて」と切り捨てられたことさえある。

無意味なことを考え現実逃避をしていると、スマホの画面に浮かぶ数字が目に入った。あと少しで家を出なければならない。

「やばい、遅刻する」

クローゼットの中から適当な服を見繕《みつくろ》い、急いでそれを身に纏う。怠惰な匂いをこれでもかと含んだ寝間着《ねまき》が、ベッドに投げ捨てられた拍子に飲み残しの発泡酒を巻き込んで、カーペットを黄金《こがね》に濡らした。

大きなため息が躊躇《ちゅうちょ》なく肺から滑り出す。

「これだから月曜日は……」

俺はいもしない奴に向けて罵声《ばせい》を吐いてしまったことに気付き、今度は小さくため息を吐いた。

＊

いつものように京急蒲田駅へ向けて自転車を漕ぐ。ペダルを踏み込むたびに景色は流れていくが、住宅街には月曜日が消えたことによる騒乱《そうらん》は見受けられない。けれど、駅に着くと、某ネズミの国のパレードもびっくりの騒乱が網膜を圧迫した。

「こりゃひでえ……」

電車のダイヤが乱れているのか、駅周辺に人がごった返しているのが遠目からでもわかる。どうやら入場規制を行っているようだ。これでは遅刻もやむなしである。

加えて、駅前では新興宗教団体「七曜の会」の構成員と推測されるものたちが「よしきた！」と言わんばかりにわざとらしく声を張り上げ、通行人の邪魔をしている最中でもあった。

「ああ。なんと嘆かわしいことでしょう。無実の月曜日が殺されてしまったのです。

みなさんの憎しみのカルマが、罪なき曜日を殺したのです。そこのあなた、あなたも加害者なのですよ！」

　月曜日も厄介なファンに囲われているな、と遠巻きから眺める俺とは対照的に、運悪く信者に絡まれてしまったサラリーマン風の中年男性はとても迷惑そうな顔をしていた。令和ではこの手の冤罪事件が流行るのだろうか。考えたくもない。

　それにしても、月曜日がなくなったというのにずいぶん多くの人間が会社に向かっているものだ。俺も人のことは言えないが。この国の労働に対する意識の高さを知れば、エベレストもマッターホルンも頭《こうべ》を垂れるだろう。

　ようやく駅構内にたどり着くも入場規制のおかげでなかなか改札内には入れず、列に並びながらスマホをいじって時間を潰す羽目になったのだが、俺は人の波に押されて唯一の暇つぶし道具を落としてしまった。

　これはまずい、と中腰になってあたりを捜索していると、後ろから肩を叩かれる。

「ほい、これ。お兄さんのでしょ」

　そう言って俺のスマホを手渡してきたのは、育ち盛りの無精《ぶしょう》ひげをアゴいっぱいに湛えた無精な男だった。

「ああ、どうもありがとうございます」

「いいっていいって。それにしても、大変なことになったねえ、お兄さん」

彼はどうにも奇妙な笑みを浮かべながら、目の前の騒乱をいやらしく眺めていた。

「まさか、月曜日が死んじまうなんてよ」

「でもまあ、当然の報いっすよ」

俺がそう零すと男は「違いねえ」とにたりと口角を上げ、俺の肩を再び叩いた。

「そんじゃ、俺ぁもう行くから。また会えるといいな」

不審な無精ひげ男は小走りで人混みに消えた。そんな彼の背中を見つめることもなかった俺は、彼が拾ってくれたスマホの画面を数回突き、事もなげにSNSを開いた。

普段緩やかに流れているタイムライン上では、突如消えてしまった月曜日に対する哀悼《あいとう》の意の表明や、お慶《よろこ》びの申し上げに加え、狼狽《ろうばい》が滲《にじ》むありきたりな散文、にわかには信じがたい都市伝説的推論、謎の正義感に駆られた現代人による現代人への叱咤《しった》、さらには不謹慎ながら大喜利までもが開催されていた。

人類の英知ともいうべきグローバル情報通信技術を盛大に無駄遣いしている駄弁に無頓着《むとんちゃく》に視線を流されていると、再びLEDライトが緑に明滅した。めずらしく間を空けて返信してきた妹からのメッセージを読み、そのアイロニックな返しに思わず顔が引きつってしまう。

『お兄ちゃんは有休使えないのにね』

我が妹ながらその舌鋒《ぜっぽう》の鋭さには舌を巻く。いったいどこでその舌先を研磨したのか。

反撃の狼煙《のろし》をあげるため返信を試みると、スマホが身悶えするようにバイブレーションした。画面に表示されたメッセージの差出人名は、大脳皮質から哀色の思い出を滲み出させるほどに懐かしいもの。これはまたずいぶんと灰汁《あく》の強い奴から連絡がきたもんだ。

高校時代、互いの心の傷を舐め合い、結果共倒れした阿呆が俺を含め五人いた。その中でも、ひときわ異彩と制汗剤の匂いを放っていた男、武藤《むとう》からの連絡だった。

◆世界を救う英雄たちの集い

時間：夜頃

場所：品川あたり

メンバー：おれ、ダザイ、カイワレ、サンボ、ナカガキ

議題：世界の救い方の考案

予定調整必須　返信求ム

端的に要件がまとめられ、まとめられすぎてまったく意図が読み取れないこのメッセージは、俺以外のメンバーにも同時送信されていた。

文中のおれが送信主の武藤のことであり、「ダザイ」が田才《たさい》という天然パーマ怪人、「カイワレ」が長身筋肉魔人の刑部《おさかべ》、「サンボ」が自称清純派オタクの越智田《おちだ》のことを指している。「ナカガキ」はそのままこの俺、インテリゲームクリエイター中垣のことだ。

ちなみに、武藤は「ロック」というあだ名で呼ばれている。

なぜこのような女子ウケも、子どもウケもしないあだ名を冠しているのか、その理由は彼らに会ったら嫌でも思い出してしまうゆえ、今は語るまい。無理して思い出して、古傷を疼《うず》かせたくはない。

俺は武藤、もといロックへと返信をし、ついでに妹にも返信をした。

朝から誰かとこんなにやりとりをするのは久しぶりかもしれない。そう考えていると、後ろから舌打ちが聞こえた。どうやら列が前に進んでいたようだ。

俺は改札をくぐり、月曜日が死んだ世界へと改めて一歩を踏みだした。

＊

呼吸するように乗客を吐いて吸った電車は、そのまま無呼吸で地面に敷かれたレールの上をひた走った。外界で生じた問題が人の隙間に入り込み、電車の中はいつにも増して息苦しい。荒波の如きダイヤの乱れは鉄輪の回転をしばしば絶ち、通勤時間をのっぺりと引き延ばす。それでも、公共交通機関として、平静を装いながら働くその姿に、俺は感心さえした。

身じろぎひとつできない状況で、ふと、車内の電光掲示板に目を向ける。軽薄なCMも今日ばかりは息をひそめ、重苦しいニュースが延々と垂れ流されていた。

中央合同庁舎内をばたばたと走り回る霞が関の官僚たちを皮切りに、カメラは世界各地を映しだす。ワシントンD．C．のホワイトハウスでは真っ赤なネクタイを締めた大統領が苛立ちを隠せない顔で国民に団結を訴え、深夜のロンドンでは薄着の若者たちがビール片手に月曜日の死を声高に祝っている。日の出前のモスクワは不気味な沈黙に包まれていて、早朝のバンコクは東京と同じく交通網が麻痺している。快晴の上海に生える高層ビル群は、いつもより汗ばんで見えた。

「国際的なテロ」「集団幻覚」、大袈裟な字幕が小さな液晶内を駆け抜けては消えていく。

そのどれもが違うと無意識に感じながらも、俺は考えることをやめ、目を閉じた。

俺になにかができるわけじゃない。

二酸化炭素とともに車内から吐きだされ、荒れ狂う人の波を掻き分けながらほうほうのていで会社にたどり着くと、すでに結構な数の人がオフィスでパソコンのキーボードを叩いていた。

殊勝《しゅしょう》なことだ。こんな未曽有《みぞう》の事態でも律義に定時出社しているなんて。

呆れ顔で席に着こうとする俺に話しかけてきたのは、曜日感覚などとうの昔に忘れているであろう残業担当大臣片岡だった。

「先輩、ニュース……いや、カレンダー見ましたか？」

「どっちも見たよ。あいつ、こっそり消えるなんて日本男児らしからぬ最期だったな。せめて派手に散ればいいものを」

「え、なにがです？」

片岡はその綺麗な顔に付いた澄んだ瞳を丸くして、小首を傾げる。

「月曜日だよ、月曜日。おまえが話を振ってきたんだろうが」

「えっ！　月曜日って男なんすか！」

「知らん。だが察するに、額に労働の二文字をでかでかと彫りこんだ屈強な男なんじゃないか。何人も労働者を葬《ほうむ》っているんだし」

「へえ、すごいっすね」

片岡は「ダメだ、この人」といった表情で真っ直ぐと俺を見つめ、俺はその呆れが滲む双眸《そうぼう》をジッと見つめ返した。

この珍妙な状況にも屈せず、俺たちはいつもどおりの不毛なやりとりをやり遂げてしまった。本ミッション遂行を誰が喜ぶのか、それはおそらく俺だけであろう。また、俺のこの奇怪な性癖をなにかに活かせないかと考えたが、そんなものは世の中に存在していなかった。

「私は月曜日のこと、綺麗な女の子だと思ってますけどねっ」

見つめ合う成人男性二人組が醸し出す荒涼《こうりょう》たる雰囲気をスイートピー咲き誇る花畑に整地し直したのは、人の形をした天真爛漫こと、定本さんだ。

「定本さん、おはよう」

「おはようございます。月曜日、いなくなっちゃいましたねぇ」

「そうだねー……ところで、なんで月曜日が女の子だと思ったの？」

訊ねると、定本さんは「待ってました！」と言わんばかりにリネンのサマーニットに覆われた胸を張り、自信たっぷりな態度で言い放った。

「だって、美少女戦士がそうでしたし！」

「美少女戦士って、もしかして昔のアニメの？」

「……なるほど、非常にロジカルな考えだね」

月しか被ってないけど、と俺は心の中で独りごつ。

「先輩、さだもっちゃんに甘くないっすか?」

「お、ようやく気付いたか」

「ようやく気付きましたか」

定本さんはさらに胸を張り、得意気に鼻をふふんっと鳴らす。

「さだもっちゃん、甘やかされてる自覚あったんだね……」

「俺も甘やかしている自覚があるからな、実質両想いみたいなところはあるな」

「それはないです」

「ないですって」

「ないみたいだな」

片岡をからかいつつ、定本さんの人並み外れた天真爛漫さに癒されながら、そしてちゃっかり振られながら、俺は打刻した。月曜日が殺されてしまったことなど、一凡人である俺にどうこうできる話ではない。俺はただ、コーヒーを片手に粛々《しゅくしゅく》と目の前の業務をこなすだけだ。

酸味強いインスタントコーヒーの粉末をマグカップにからからと注いでいると、今までに見たことのない焦り方で堺さんが出社してきた。頭にダークレッドのヘッドフォンを乗せ、首にはメタリックブルーのヘッドフォンが掛けられている。いったい何曜日用の装備なのかわからず、俺も思わず狼狽える。

「ナ、ナカガキ……」

息も絶え絶えにヘッドフォンを外す堺さん。そのスピーカーからは落語と思しき音声が垂れ流されていた。

なんてことだ。いつも口から音楽の蘊蓄《うんちく》を垂れ流しておきながら、通勤中は高いオーディオで耳に落語を流し込んでいたのか。なんと奥ゆかしい。

「お、おはようございます」

「ナカガキ、これはまずいよ」

出社早々部下からの挨拶を無視した堺さんは、どうやら本当に困っているようだ。

「どうかしたんすか」

「いやーそれがね……カレンダー、いや、ニュース見た？」

「見ましたよ。革命が起こりましたね」

「革命なんてもんじゃないよ……これからは週一日休みを取れるかどうか……」

「……は？」

「月曜日がなくなっちゃったからねえ……アップデートも近いし」

「それ、もう偉い人から納期だけは守るようにって連絡が来てるってことですか……？」

「そうだねえ、さっきメールがきてねえ……」

堺さんは哀しそうにそのメールを見せてくれた。

首に掛けられたままのヘッドフォンからは、「ううむ、それはいかん。さんまは目黒に限る」と語る声が漏れていた。

＊

俺は急いでサーバー担当者の元へ行き、ゲーム運営に使用しているサーバーの時刻と日付に関する設定を確認してもらった。すると驚くべきことに、全てのシステムが元から月曜日などなかったかのように正常に機能していたのだ。

「なんか、不気味やなぁ……」

寝癖だらけのサーバー担当者は皮脂まみれのブルーライトカットメガネを外すと、ぽつり、そう漏らした。人並み程度にしかパソコンに詳しくない俺は「そうですねぇ」とありきたりな賛同をすることしかできない。

席に戻った無力な俺は即座にプロジェクトメンバーを集めて緊急会議を開き、今後の運営対応で必要な事項を洗い出した。毎週月曜日に定期開催されるように設定されていたゲーム内イベントは、不思議なことに火曜日のイベントと並列で動くようになっており、それがまたこの一件の不気味さを際立たせている。

「ちょうど仕事ができるくらいの混乱を残して消えやがって……」

跡を濁《にご》さずに立った月曜日に苛立ちを隠せない謝罪担当大臣の俺は、その卓越《たくえつ》した文章作成能力を用い、現在開催中のコラボキャンペーンの終了日時に関する告知文と謝罪文、併せて月曜日の定期イベントが火曜日に移動したことをＳＮＳ上に公開した。

しかし、いたらいたで迷惑なくせに、いなくなっても迷惑をかけてくるのか、月曜日よ。

「バイト感覚で曜日やられちゃ困るんだよな、ったく……」

いつもより力んでタイピングしたせいか、じんじんと指が痛む。周囲の人間が慌ただしく社内を駆け回るのを尻目に、一度コーヒーブレイクを挟むことにした。

頭を抱えながら酸っぱいコーヒーを啜《すす》っていると、すぐにユーザーから反応があった。その半分が運営チームを労うコメントだったが、残りの半分は「ちゃんと仕事しろ、無能運営」といった旨のものであった。

週に一度しか働かない曜日までもが自分の仕事をサボる世界で、なにが仕事か。まったく腹立たしい。腹立たしいが、お客様は神様である。我々メーカーはそのお声に耳を傾け、次の献上品の開発に活かさなければならない。

だが最近、無神教徒を極めるのも吝《やぶさ》かではないと感じることが増えてきたのは、たしかである。

＊

火曜日から始まった怒涛《どとう》の一週間は瞬《またた》く間に過ぎ去っていき、ふとカレンダーを見るともう土曜日になっていた。令和初のプレミアムフライデーは影すら見えなかったが、制度ごと平成に置いてけぼりにされてしまったのだろうか。

一週間が一日減ったのにもかかわらず、しっかりと週五日労働を敢行《かんこう》してしまったが、今週の業務時間のほとんどは月曜日消失問題への対応に終わった。とはいっても、全てのシステムが謎の力により月曜日が死んだ世界でも稼働するように書き換えられていたため、基本的には関係各所への告知と謝罪を繰り返すだけだったのだが。

取り立てて厄介なことと言えば、月曜日にあるはずの会議や面談、来客などの予定が一気に狂ってしまったことだ。狂った予定はほかの曜日の予定をも巻き込んで、まさに大時化《おおしけ》の様相を呈《てい》している。

実際「水曜の午後イチはうちの課の定例会議だろうが」「なにを言ってんだ、曜日が一個ずれているからうちの課の会議だ」といった口論が社内の至るところで繰り広げられ、うかうかと歩こうもんなら流れ弾を受ける恐れすらある。

0と1のみで構成されたデジタルシステムのほうが人依存のアナログな予定調整よ

りも融通が利いているのは、人間の優位性を確保しようと躍起《やっき》になっている現代社会に対する痛烈な皮肉であろう。月曜日殺しの犯人もなかなかウィットに富んでいる。

「先輩、月曜日が死んでから皺《しわ》寄せがいろいろきて大変そうですねえ」

福笑いならかろうじて勝利をもぎ取れる程度に崩れた表情でにやにやと笑う俺を見て、憐れみをかけてきたのは案の定片岡だった。

「そう思うか？」

「ええ、悲惨です。オフィスでそこまで悲惨なオーラを垂れ流している人、先輩以外いないっす」

「たしかに、俺の人生を題材に人生ゲームでも作ったらそれはそれは悲惨なゲームになるだろうよ。そうだ、この企画を人生ゲームナカガキエディションとして売り出すのはどうだろう。そうすれば、これまでの二十六年間にも意味が生まれるんじゃないか？」

「そんな話してないっすよ。卑屈だなぁ、もう」

俺の話を聞いて笑う片岡。その顔は整いすぎており、福笑いなら「つまらん」と一蹴されて敗北を喫《きっ》するだろう。だが、その目の隈《くま》は俺のことを心配している場合ではないほどに不健康な色に染まっていた。こいつも苦労しているのだ。

「そういえば片岡、来週のあれはどうなったんだ？　この忙しさじゃ難しいんじゃないか？」

「あれ……？　あれってなんですか？」

「いや、この前昼メシ食ってる時に温泉がどうとか言ってなかったか？」

「……ぼく、そんなこと言いましたっけ？」

片岡は呆れたように「そもそも、来週は三連休でもなかったじゃないですか」と笑った。茶とも黒とも取れない不健康そうな色の隈が、静かに歪む。

「温泉なんて行く暇ないですよ」

「うーん、たしかに言ってた気がしたんだが……。なんか、彼女がうんぬんとか」

「あーなるほど。先輩は彼女と温泉に行きたいんですね。それならまず、彼女を作らないと！」

戯言《たわごと》を言い放つ片岡の顔は、夕方だというのに鶯谷《うぐいすだに》駅前もびっくりするほどの桃色にのぼせあがっており、その卑猥《ひわい》な口角の上がり方は「ああ、目の隈がいくら黒かろうがこいつは同志足り得ないな」と俺に思わせるに充分な角度であった。

「俺の睡眠時間があと一時間足りてなかったら、迷わずおまえを殴っているところだ」

「またまた、そんなことしないくせに。素晴らしいものですよ、湯気の向こうに見え隠れする彼女というものは」

「このむっつり変態野郎め」

「先輩、それは違いますよ」

唾を飛ばす俺を尻目に片岡は自身の両肩を抱きしめ、気色の悪い声色《こわいろ》で「これは人類の未来を切り拓く強い想いなのです」と呻いた。

「んだよ、それは」

「ラヴ、ですよ」

へらへら笑う片岡。それをモノノケのような形相で見つめる俺。二個後ろの席では定本さんがその小さな眉間に皺を寄せ、堺さんはあまりの忙しさに放心状態。日が傾くにはまだ早い午後四時半。

月曜日が死んだって、俺の居場所はなんら変わりやしない。

俺は呆れつつも、どこか安堵していた。

*

時刻は午後八時に差しかかり、俺は少しだけ慌てていた。仕事でなければストーカー認定される量のメールを各部署に送りつけて颯爽と打刻する。

「そんじゃ、お先でーす」

「あれ、先輩もう帰るんすか?」

栄養ドリンクに頼りすぎて逆に栄養失調になったという本末転倒な逸話を持つ残業担当大臣が、凝《こ》り固まった首をぐるりと回して話しかけてきた。

「野暮用だ」

「あ、もしかして！　先輩も、ついに……！」

目の隈の黒さとは不釣り合いなほど綺麗に澄んだ瞳をこちらに向けた片岡は、なにかおもしろいネタでも見つけたかのようににやにやしている。

「ちがわい。ちょっと世界を救う英雄の集いに参加してくるだけだ」

「ついに本格的におかしくなってしまったんすね……」

「俺はいつだって本格派だ」

「はあ……そっすか」

哀れんだ顔をする片岡にチョコレート菓子をひとつ投げつけ、奴がそれに気を取られている間にオフィスを出た。犬を飼ったら、俺はきっとうまく育てられるだろう。

先日ロックからきたメッセージであの阿呆どもが全員都内にて生存していることは確認できたが、各々《おのおの》それなりに忙しそうであった。

そのため集まるのは結局土曜日になり、つまりは今日がその日である。

品川の居酒屋に俺以外の面子《めんつ》が揃ったことをメッセージアプリのポップアップ通知で知る。大崎から品川までは目と鼻の先なので、俺は『あと少しで着く』とだけ送り、スマホをジーンズのポケットに押し込んで歩きだした。仕事で疲弊《ひへい》した身体が睡眠を要求してくるが、心だけは妙に盛り上がっており、俺はあいつらと久方《ひさかた》ぶりに会うことを、それなりに楽しみにしていたのだと、ようやく気付く。

なにせ大学卒業時に会ったきりだから四年ぶりである。これは懐かしくなっても仕方がない。ＳＮＳ万能の現代社会において、アップロードされた写真や短い文字列から旧友の動向を窺い知ることは訳ないが、実際に会うのは、やはり少し特別だ。

独り静かに微苦笑する俺の目に飛び込んできたのは、電車内の電光掲示板に映ったいくつかの嘘くさいニュース映像。月曜日が消えた日の朝に見たものよりも、少しだけ突飛なものもある。思えば、この五日間だけでも歴史の教科書に載るような事案が多々起こっていた。

たとえば、月曜日が消えたのは日本だけではなく、太陽暦を使用する全ての国であることが判明したり、ほとんどの飛行機が欠航になったり、それにより貿易や流通がピタリと止まったり、各国が責任の所在を探したり、押しつけ合ったり、喧嘩したり。現代文明が築きあげてきた多くのシステムや習慣が大打撃を受けた。

けれども、俺はそれをどこか遠い世界のできごと、いや、フィクションの世界のものだと感じて憚らなかった。俺は動じない。なぜか。それは、俺がこの世界では端役《はやく》にしかすぎないからだ。ゲームやアニメ、漫画の中の主人公とは違うのだ。このまま、非日常の喧騒にあぐらをかいて過ごすだけ、決して立ち上がらない。立ち上がる暇があったら溜まった仕事をこなすだろう。

主人公の座など「ほかの誰かがやるから」と、とうの昔に明け渡している。

こうした世界規模の大問題が多発している中で立ち上がるものといえば、勇敢《ゆうかん》な英雄や聡明《そうめい》な学者、なにがしかの諮問《しもん》委員会、SNS上の馬鹿ども、そして、怪しげな団体だけである。

日本では前々から「七曜の会」という、怪しさと狂気を煮詰めた結果生まれてしまった闇鍋のような宗教団体がフライング気味に立ち上がっていたが、彼らに対抗するように、月曜日排斥《げつようびはいせき》団体「月滅会《げつめつかい》」なるものもこのたび勃興したらしい。

これはおもしろくなってきたと思う反面、厄介ごとに巻き込まれたくないため、ネットサーフィンで情報を集めるだけに留めていた。街頭でその名を口に出せば、どこで目を光らせているかわからない過激派たちに貴重なプライベートタイムを奪われるのがオチだ。

そうこうしているうちに品川駅へと着いた。相変わらず人が多い駅である。

眉間に皺を寄せながら高輪口方面に歩いていくと、左右に立ち並んだデジタルサイネージに国際ニュースが流れていた。赤いネクタイを締めた大統領が言った『Our Monday is dead』という発言が、頻《しき》りに映しだされている。

「私たちの月曜日、ねえ」

俺は小さく呟くと、腕時計を見て駆け足になった。

＊

「お客様は何名様ですか？」

「いや、待ち合わせです」

品川駅にほど近い居酒屋「由良姫《ゆらひめ》」に着くと、探すまでもなく野郎どもの座っている席の目星がついた。無駄に腹式呼吸のうまいロックの声が、店の奥から店内放送のように聞こえてきたからだ。

「――だからカーペンターズは――そうだよ、そう！　わかってんじゃねえか！」

天井下に祀られた神棚に睥睨《へいげい》されている暑苦しい集団を指さし、俺は「すみません」と先手を打って謝罪した。店員さんの苦みの強い愛想笑いが胸に沁みる。

「うーっす」

「月曜日っていうのはなあ――！　あ、おせーぞ、ナカガキぃ！」

天を衝《つ》くようなソフトモヒカンを生やした色黒男が、俺に野次のような挨拶を飛ばしてくる。見た目からして平熱が高いことのわかるこの男こそが、我ら阿呆たちの頭《とう》領《りょう》にして失恋に人生を蝕《むしば》まれ空に逃げた男、「ロック」こと武藤勇作《むとうゆうさく》だ。

「空に逃げた」とは比喩《ひゆ》ではない。こいつは高校時代の重たい失恋を引き摺り続けた結果、心身ともに無意味に鍛えられ、国内大手航空会社の自社養成パイロットの試験を見事突破してしまったのだ。

失恋からわずか五分後、若かりしロックが泣きながら言い放った「おれを振った女を空から見下ろす」という発言は、俺たちの間で伝説になっている。

物事を「ロックンロールかそうでないか」で判断する節《ふし》があるが、「なにがどうロックンロールなのか」という具体的説明がなされたことは一度としてなく、おそらく本人もわかっていない。

「仕事が立て込んでたんだよ」

「月曜日が死んだっていう超前代未聞の一大事なのに、なに仕事にかまけてやがんだ。全然ロックンロールじゃねえぞ、おまえ！」

「やかましい、あいつが死んだせいで逆に仕事が増えてんだよ、こっちは」

高校時代と変わらない俺とロックの口喧嘩のような挨拶を、たくましい身体に似つかわしくない細く優しい目で見つめているムキムキの短髪男は、「カイワレ」こと刑部啓治《おさかべけいじ》である。

「ナカガキも大変そうだねえ」

「カイワレ、またでかくなったんじゃないか？　そろそろハツカダイコンとかに改名したらどうだ？」

「いやいや、ボクなんてまだまだだよ。ほら、僧帽筋《そうぼうきん》とか貧相だし」

シャツの襟首《えりくび》を捲《まく》って肩回りの筋肉を見せつけてきたこの男は、「カイワレ」というあだ名が似つかわしくないほど筋骨隆々《きんこつりゅうりゅう》である。それもそのはず、彼は現職の消防士なのだ。

なぜこのようなあだ名がついたかといえば、高校時代の彼のひょろひょろ具合を見れば誰でも即、合点《がてん》がいくだろう。「カイワレ大根の刑部」という、ほとんど悪口のような呼び名をつけたのはロックなのだが、いつしか「カイワレ」の部分だけが残り、そう呼ばれるようになった。ちなみに本人はこのあだ名を気に入っているらしい。ちょっとした変態である。

大学の入学式で出逢った淑《しと》やかな女性に一目惚れをし、身体を鍛えはじめたのがあだ名と実体の乖離《かいり》の原因なのだが、その時の女性こそが現在の彼女でもあるのだ。なんて憎たらしい。

「彼女さんとは最近どうなんだ？　順調か？」

「うん、この春から同棲をはじめたんだ。今度みんなにも会わせるよ」

「かーっ！　腑《ふ》抜《ぬ》けやがって！　ロックンロールの風上にも置けない男になっちまっ

たな、カイワレよ！」

口内に残ったビールを吐き出すかの勢いで茶々《ちゃちゃ》を入れたのは、もちろんロックである。こいつは他人の恋路を応援するという思考回路を、高校の下駄箱に置いてきてしまっていた。

「ボクはポップスのほうが好きだからねえ」

「そういう話をしているんじゃないと思うぞ。理解力を筋肉に吸われてしまったのか？」

「え、そうなの？」

穏やかな口調と溢れ出す優しさから彼は一見まともそうに見えるのだが、その認識は誤りである。高校時代は身体だけでなく脳も痩せこけていたため阿呆であったし、今では脳みそにいくはずの栄養が鍛えた筋肉に奪われて、より阿呆になっていると、もっぱらの噂だ。

「そうだ。あと俺たちを彼女さんに会わせるのはやめておけ、ショック死する恐れがある。特にロックなんてもってのほかだ」

「なんだこいつらは！　おい、ダザイ！　おまえもなんか言ってやれよ！」

座敷の隅で日本酒を啜る、もじゃもじゃな髪の毛が印象的な色白男は、「ダザイ」こと田才宗則《たさいむねのり》である。ロックに話を振られても、手元の電子書籍端末に目を落とすばかりで顔を上げようとはしない。読書中は断固として無視を決め込むのがこいつの習性であり、スクエア型の銀ブチ眼鏡がチャームポイントの、強靭なメンタルを有したエセ文豪だ。

「ダザイ、梅雨はまだ先だぞ」

「一年を通してこのパーマ具合だ、馬鹿たれ」

自慢の毛髪をぶるんと揺らして威嚇《いかく》行動をとるダザイ。「たしかに梅雨時《つゆどき》はもうちょい暴れるが」と憤る彼は、普通に呼んでも無視をするが、自前の天然パーマのことをいじると鬼神《きじん》の如き反応スピードを見せる。高校時代、生活指導の教師に「パーマをかけるな」と怒鳴られた際には、「パーマはかけるものではない、かかっているものだ」と応酬し、パーマ解放戦線の指導者として祭り上げられた過去がある。

その後、人工パーマの構成員たちと内紛状態に陥ったのは言うまでもない。

幼い頃から読書が好きで、極度の天パ。「ダザイ」というあだ名は例の如くロックにつけられた。本が好きという点と、田才とダザイは響きが似ているという点でそう決まったらしい。そして天パである。

学生時代に国内旅行をしまくった結果、変態的なまでのシティホテルオタクになってしまい、そのままホテル業界へと進んだ。社会人になっても、愛らしい天パとシティホテルへの執着は相変わらずである。

「おい、ナカガキ。次ぼくの天パを馬鹿にしたら、おまえの枕にパーマ液ぶちまけてやるから覚悟しとけよ」

「ナカガキ、ダザイならほんとにやりかねん。こいつはこういうところに関しては尋常じゃなくロックンロールな男だからな」

「おいロック、おまえの枕にもぶちまけるぞ」

「おまえらはまともな会話ができんのか、まったく」

数年ぶりに会った旧友の変化のなさに失意と安堵《あんど》が入り混じったため息を吐いていると、邪気の発生源がひとつ足りないことに気がついた。

「あれ、サンボは？」

「サンボは今トイレに行ってるよ」

「サンボ」とは、自称清純派オタクの越智田涼《おちだりょう》のことである。どこがどう清純なのかは、彼を遺伝子レベルで研究してもおそらく解明されないであろう。

高校時代に通信教育でロシア徒手格闘術《としゅかくとうじゅつ》「サンボ」を習っていた過去があり、なぜそんなものを習っていたのかと訊いても「寒い日にウォッカを飲みたくなるのと同じくらい、サンボを高校時代に習うのはナチュラルなんだ」と返ってくるだけである。

また、ニートのくせになぜか金回りがよく、危ない仕事をしていると周囲に噂されている。

「久しぶりに外に出たら、眩しくて眩暈《めまい》がしたんだって」

「モグラか、あいつは」

「やれやれ、モグラが光に弱いと思っているとか、情弱《じょうじゃく》が都内をうろついているとか、勘弁してほしいぜ、ホント」

座敷にぬっと上がり込んできたのは妖怪や悪魔の類ではないが、その親戚と間違われても文句は言えない風貌《ふうぼう》をしているサンボであった。ぎらついたその目は市井《しせい》の婦女子《ふじょし》を怖がらせることに長け、だらしなく伸びた髪はヘルメットのような厚みを持ち、おそらく数日前から大事に育てられている無精ひげは端的に言って不潔である。

いや、はたしてこれは本当にサンボか？　もしかしたら本物の妖怪か悪魔の類かもしれない。

「いいか？　モグラは光に弱いんじゃない。地上に出て自身を守ってくれる土壁がないことに怯えてパニックになるだけだ。オレも部屋から出て世界の広さに驚いただけだ。そこのところをはき違えるな」

「どちらにせよモグラじゃねーか」

無駄な蘊蓄を織り交ぜつつ早口でまくし立て、結果的に墓穴《ぼけつ》を掘るこの語り口はサンボに違いなかった。

「インターネットポセイドンのオレに向かってモグラとはいい度胸だな。２ちゃんに来い。レスバトルでボコボコにして電子の海に沈めてやるよ」

「ごめんな、ネット弁慶《べんけい》」

「誰がネット弁慶だ」

サンボは口元を気持ち悪く歪めながら「よっこいセイウチ」とのたまって席に着いた。

全員が揃ったのを確認して、ロックが再び口を開く。

「よし！　そろったな、愛おしき阿呆ども！」

＊

「声がでかい……」

ダザイが神経質そうに眼鏡を上げ直す。

ロックはそれを潔く無視をし、話を続けた。

「いいか。今日の議題は前にグループチャットで送ったとおり、世界の救い方の考案だ。みんなちゃんと考えてきたか？」

その質問に首を縦に振るような阿呆は誰一人としておらず、ロックだけが首をガクリと落とした。

「はあ……ゆとり教育の結果がこれか……」

「おまえもゆとりだろうが」

「つーか、そもそもよお。なんだよ世界を救うって。令和じゃそんな使い古されたシナリオは流行んねえよ。ネットで叩かれて三日三晩寝込んじまえ。それにパイロットはどうした、パイロットは」

「うるせえ、迂遠《うえん》な表現や非王道的シナリオはおれのポリシーに反する！　それに、おれの最終目標はパイロットじゃなく宇宙飛行士だ。人類代表！　現代の英雄！　現在鋭意ロシア語を勉強中だ」

色恋沙汰以外なら一騎当千の勇将《ゆうしょう》、有言実行が服を着て歩いているこいつなら本当に宇宙飛行士になりかねない。こんなやかましい奴がカーマン・ラインを越えて宇宙空間に出てしまったら、天の川銀河中の有機生命体から地球への苦情が殺到するだろう。考えただけでも恐ろしい。

「いいか、月曜日が死んだんだぞ？　こんなもん世界の危機に決まっているだろう！」

手に持っていたジョッキを勢いよく机に置き、熱弁を振るうロックの熱気は、俺にある程度の不快感を与えるとともに、ひとつの疑問をもたらした。

「そういや海外も月曜日が消えてるみたいだけど、太陽暦を採用してない地域はどうなってんだ？」

「んー、そんな地域あるのかな」

きゅうりの塩漬けをポリポリと食べるカイワレ。その横ではダザイが飽きもせずに電子書籍を読んでいる。飲み会に来て本を読む胆力《たんりょく》は、どこで培われたのだろうか。

改めて尊敬と侮蔑《ぶべつ》が入り混じった目線を向けていると、彼は目線を落としたまま口を開いた。

「まず月曜日という概念がないんじゃ、なくなっても気にしないでしょ。それに、ヒジュラ歴を採用している国は少なくない」

なるほど、一応話は聞いているらしい。知的眼鏡ダザイ氏によってグローバリゼーションに無頓着な二人の疑問は晴れて解決された。

たしかに、世界からアザーンが消えたとしても、イスラム教国でない日本に住んでいる俺たちの生活はなにも変わらないだろう。

「とにかく、おれたちは月曜日が死んだ世界を救うためにも行動を起こさなければならない！　月曜日が死んだままだと、非常に厄介なことが起こる！」

「たとえばなんだってんだ、宇宙飛行士さんよぉ」

悪態を吐くことができる空気を察知し、サンボが再び口を開いた。こいつが吐き出す呼気には二酸化炭素よりも悪態のほうが多く含まれている。

「言ってやれ、カイワレ」

「えっ、ボク？」

「あ、おい卑怯だぞ、この宇宙野郎。意識の高さで殴りかかってきやがって。第二宇宙速度で大気圏外に放り投げてやる！」

「やかましいぞ、サンボ！　さあ言え、カイワレ！　月曜日がなくなってからなにがあった！」

ロックのどうしようもない無茶ぶりを受け、カイワレは大きな身体を捻らせ「うーん」と唸った。その傍らではサンボが悪態を吐いている。まごうことなきカオスだ。

「なんかあったような気がするんだけど……なんだったっけ」

「思い出せ！　ほら、ひっひっふー！　ひっひっふー！」

「ああ、そういえば近所のスーパーの特売日がなくなったって、彼女がぼやいてたなあ。ふたりで毎週買い出しに行ってたんだけど」

「もういい、わかった。おまえは二度と口を開くな」

「ええ……」

ロックの天才的な斬り捨て方は、泣いて馬謖《ばしょく》を斬った諸葛亮《しょかつりょう》を彷彿《ほうふつ》とさせる。しかし、そこには軍律の遵守などという高尚《こうしょう》な理由はなく、ただただ惚気《のろけ》を振り撒く輩が許せなかったという低俗な理由しかない。

ついでにサンボも悪態の矛先をカイワレに向けていた。こいつは恋の話のようなふわふわとした浮いた話が出てくると、発信源に向けて「スケベ野郎！」と叫ばないと気が済まなくなるのだ。

「ナカガキ、おまえはどうだ」

「え、俺かよ」

　ロックは次の標的を俺にしたらしい。見たもの全てを傷付けるほどの鋭い眼光を投げかけてきたので傷害罪で立件したいところではあるが、カイワレの幸せオーラにあてられて卒倒《そっとう》しなかった剛健さに免じて答えてやることにした。

「俺は週の休みが減って、土曜が確定で出社日になったな」

「なるほどなるほど。おれが国際労働機関の人間だったら日本に改善勧告を出してもおかしくない事案だ」

　ロックは「こういうのだよ！」と何度も頷き、その後カイワレを一瞥《いちべつ》したが、カイワレはよくわかっていないようであった。

「そういえば、ナカガキは彼女さんとはどうなの？　うまくいってる？」

　無垢な瞳で訊ねてくるカイワレに、俺は「なんの話だ？」とジョッキを口につける。

「えーっと、ほら、大学時代の……」

「ああっ！　そういやおまえ、大学時代に彼女がいるようなことを匂わせるメールを八十通ほど送ってきたことがあったな！　おまえの葬式で朗読するために全部保護してあるぞ、このスケベ野郎め！」

「別にいいだろ、俺の話は！」

「振られたんだろ！　振られたんだろ！」

「ええい、やかましい！　忘れたよ、そんな昔のこと」

俺はぐいとジョッキを傾ける。苦々しい麦の味が、小さな嘘を覆い隠した。

「ロック隊長！　これは未練がある声色であります！　即刻古傷にレモン汁をかけるべきであります！」

「え、なに？　聞いてなかった」

レモンをたっぷりと絞ってひたひたになったイカゲソの唐揚げを食んでいたロックは「え、なんの話？」とウキウキした目でサンボに問いかけた。こいつはこいつで自由が過ぎる。

「おまえ！　それオレが頼んだイカゲソだぞ！」

「サンボは相変わらずやかましいなあ。まあいいや、じゃあ次、ダザイ」

油で唇をてらてらさせているロックに指名されたダザイは、人差し指をくいっと突き立て、眼鏡をわざとらしくニュートラルポジションへ直してから顔を上げた。

「この前、部署の飲み会で新人が上座《かみざ》と下座《しもざ》を間違えやがった」

「それは月曜日関係なくないか」

「あんなもん気にしてどうするってんだ。ロックンロールじゃねえぞ、ダザイ」

喚く俺を尻目に、ロックはなぜか責める論点を間違えている。

「馬鹿野郎、よく考えてみろ。酒を飲むとトイレに行きたくなるだろ？　そんな時に席順が重要なんだ。昔の賢人はよほど膀胱《ぼうこう》に優しかったとみえる」

「んなもん、黙って行けばいいだろ。おれならそうするね！」

「おい、月曜日関係なくなってるぞ。いいのか、おい！」

「おまえらには慎《つつし》みの精神がないな。いいか、たとえばお偉いさんが普通に上座に座ったとする。そこでお偉いさんがトイレに行きたくなったとするな？　その時に、おいどいてくれ、と声をかければいいのは目下の人間だけだ。だから気兼ねなくトイレに立てる。ところが逆はどうだ。新人が上座に座ってみろ、自分より目上の人間を押しのけてトイレに行かなければならない。トイレに行くかどうか悩むだろう。会がお開きになるまで待ったほうがいいのか、それとも勇気を出してお花摘み宣言をするべきなのか。これは建物が狭い日本ならではの博愛の精神を象徴しているものなんだ」

「おい、ロック。これ月曜日関係ないぞ」

「ダザイ、おまえは膀胱も腑抜けちまったのか……悔しいよ、おれは……」

　驚くべきことに、この会話の異常さに危機感を覚えているのが俺だけという事実が、俺をさらに慄《おのの》かせた。やはりこいつら、脳みその代わりに白味噌でも頭に詰まっているんじゃないか。ロックに関して言えば、頭蓋を器に味噌鍋パーティーをした痕跡すら見受けられる。

「おまえはどうなんだよ、ロック」

膀胱が腑抜けてしまったと噂のダザイがロックにバトンを投げ渡す。ロックは「待ってました！」と言わんばかりに不敵に笑った。この顔を直視したら、全国のいたいけな子どもは泣くこと請け合いであろう。

「聞きてえか、おれの身に起こったバカでけえ事件を」

「なんだこいつ、無駄にハードルを上げて」

「ナカガキ、こいつは自分で上げたハードルの下を潜ってくる人間だ、気を抜くな」

銀ブチの眼鏡の奥に潜む瞳に鋭い光を宿し、ダザイはロックを睨んでいた。気分が乗ってきたのか、ずっと握り締めていた電子書籍端末すら、今では机の上に放り投げられている。画面に映し出されているのは錬金術師の兄弟が活躍する名作少年漫画。もういったい全体どうなっているのかわからない。

「おれの大好きな曲が、聴けなくなっちまった」

「……は？」

「カーペンターズの『雨の日と月曜日は』だよ！　おれはあの曲を聴きながら月曜日に出社するのが好きだったんだ」

「……そうか」

なんともいえない空気が俺たちを生温かく包み込んだ。これは潜ったというよりも、上げたハードルを厚い皮を被ったその面《つら》で薙ぎ倒してきたというほうが正しいだろう。

「おいおい、カーペンターズの『雨の日と月曜日は』を知らないのか⁉　義務教育受けてないのかおまえらは！」

「音楽の成績が2だった奴がよく言うぜ」

俺は鼻で笑い飛ばした。ダザイはもう興味を失ったのか、漫画を読む作業に戻っており、カイワレは優し気な表情でうんうん、と頷いている。サンボは食べかけのイカゲソの唐揚げに七味唐辛子を振りかける作業に没頭していた。

「学校の物差しじゃ、ロックンロールは測れねえよ」

「うーん、カーペンターズってロックなの？　ポップスじゃない？」

「いや、あれは一応ロックなんじゃないか？」

「わかってない。わかってないよ、おまえらは。そいつがロックンロールだと思ったら、それはもうロックンロールなんだ。だから、演歌だってレゲエだって、そいつがロックンロールだと思えばロックンロールなんだ」

こんな奴が俺たちの中で一番の出世株なのだから、現代社会というのはよほど狂っているといえる。

「というか、あれは恋人にまつわる歌だろう。名誉独身男性のくせに、なに腑抜けてんだ。見損なったぞ、ロック」

「関係ないね。もっとロックンロールに解釈すべきだ。あの歌は人類と月曜日の関係を情熱的に歌ったものだ、ちゃんと聴けばわかるぜ」

そう言ってロックはスマホから『雨の日と月曜日は』を流しはじめた。物哀しいイントロが騒々しい店内にしっとりと響く。

「あーあー、店の中で音楽を流すんじゃないよ」

「うぉい、止めんなよ！　ったく、じゃあおれのアツいトークで教えてやるよ」

そこからロックによる万里の長城よりも長く、パピルス並みに薄いロックンロール講義がはじまった。その間にダザイは国家錬金術師の漫画を読み終えたらしく、カイワレに感想を滔々《とうとう》と述べている。サンボは追加注文したイカゲソの唐揚げに舌つづみを打つばかりだ。

「いいかナカガキ、歌は世界を変えることができる。神に誓うぜ」

「はあ、さいですか……」

天井下に取り付けられた神棚にサムズアップを見せつけるロック。その親指をへし折ろうと手を伸ばした時、背後から遠慮がちな声が響いた。

「失礼いたします。ラストオーダーのお時間ですが、追加の注文はございますでしょうか？」

「おい、もうそんな時間かよ！」

「あ、じゃあイカゲソの唐揚げお願いします」

「この期に及んでまたイカか！」

ケチをつけられたサンボは、ムッとした顔で「好きなんだからしかたねえだろ」と
ウブな男子高校生のような声を出したあと、壁に取り付けられた神棚にアツいウインクをかました。

「神に誓うぜ、このラヴを」

一連の行動の気持ち悪さに俺たちは胸焼けを覚え、店員さんは「会計はレジでお願いします」と口早に言って逃げだした。

神棚に供えられた瓶子《へいし》がかちゃりと笑ったような音を立てただけで、結局問題はなにひとつ解決しなかった。

＊

「よし！　今日はあまり進展がなかったが、今後も定期的にこの集まりを開こうと思う！」

「あまりというか、一ミリも進まなかったけどな。そもそも議題がちゃんちゃらおか

しいんだよ。わざわざオレが外に出てきたのによ」

「結局なにを話す場なのか、よくわからなかったねえ」

「次の開催が決まったら早めに連絡くれ、長編で読みたいのをまとめておくから」

「おい、こいつまた漫画読む気だぞ」

品川駅の中央改札前まで来た俺たちは、今日なんのために集まったのか最後まで理解できないままだった。おそらくこの会を開いたロックも、たいして理解はしていないであろう。

ただ、高校の頃から代わり映えのない五人の悪ふざけ自体は楽しかったといえる。

「てなわけで、解散！」

「なんだったんだ、いったい……」

野郎どもと別れ、俺だけが京急線乗り場から羽田空港行きの電車に乗り込む。つり革を掴んでうつらうつらとしていたら、京急蒲田駅へと着いていた。

駐輪場に向かう道中、ふと空を見上げると月が見えない。空からも月がいなくなっちまったのか、と一瞬血の気が引いたが、スマホに入れてあるニュースアプリのポップアップ通知を見て真相を知った。

なんてことはない、今日は新月だ。

そう、月はただ隠れただけ。明日になったらひょっこりとまた顔を出す。

「おまえもいつか、戻ってくるのかね」

スマホに映る月曜日のないカレンダーを見て、俺は欠伸をひとつ漏らした。

第三章　陰謀論的事実の現出

「ねえ、ナカガキくん」

セピア色のぼやけた世界。学生棟の一室に射し込む夕日だけが、白々しいほどに白い。光に照らされている彼女の横顔には黒い影が落ちている。美しいはずの彼女の輪郭は、俺の座る席からは窺えない。

彼女の周りにいつも群がっていた有象無象の人々の姿も見当たらない。

「そろそろ、火曜日も終わっちゃうね」

夕日を吸ったような綺麗な声に、俺は「そうだね」と返したような気がした。声に出せていたかは、わからない。

「次は水曜日、木曜日、一週間なんてあっという間だよ」

扉にもたれかかった彼女がカレンダーを指さすと、そこには消えかけの火曜日が貼りついていた。

「ねえ、ナカガキくん」

大脳辺縁系に根差した、あの教室の匂いがする。

甘くて、切なくて、もどかしい、かつて青春と呼んだあの匂い。

その匂いが、影の落ちた彼女の顔が、扉の向こうに消えていく。

「昨日の約束、覚えてる？」

――――。


「まったく覚えてねえ……」

寝汗でじっとりと湿った首筋を撫で、俺は細く息を吐く。

謎の集会から数週間が経ち、梅雨もすでに終盤に差しかかっていた。

無論、未だ月曜日は帰って来ていない。

太陽が高い位置まで上がっていることが、カーテンの隙間から射し込む光の強さから窺い知れる。俺はスマホの画面をタップし、今日が火曜日であることを確認した。

「変な夢見ちまった」

俺がこんな責め苦を受けているのは、おそらく有休を取得したことによる呪いかなにかだろう。人事部に無理矢理取得させられただけだというのに、なんて仕打ちだ。

俺は辛気臭さを打ち消すために、冷蔵庫から黄金色が眩しいアルミ缶を取り出した。

「ビバ！　寝起きのビール！」

平日の午前十一時、極めて社会不適合な勝鬨《かちどき》とともに、一本三百円もする麦汁を部屋の隅にある神棚に掲げる。

この神棚は大学時代に暇を持て余して作ったもので、少彦名《すくなびこな》という神を祀《まつ》っている。なにやら酒造りの技術を広めた酒神らしく、その功績を称えて無神論者の俺も彼だけには一目置いている。実家から出る際、わざわざ煩雑《はんざつ》なお作法をこなして運んできたのも、たまにお猪口に日本酒やらビールを入れ、さきいかとともにお供えをしているのも、彼への私淑《ししゅく》からきているものだ。とかく、酒とは素晴らしい。

「あっぱれ！　少彦名神《すくなびこなしん》！」

退廃的な味に酔いしれながら神棚に向かって酒臭い息を放っていると、次は塩分が欲しくなる。俺はいそいそと湯を沸かし、カップ麵に熱湯を注ぎ込んだ。

三分の待ち時間、手持ち無沙汰にテレビをつけると、ちょうどお昼のニュースの時間。画面にはタイムリーな見出しがいくつか並んでいる。まず目に飛び込んできたのは、『月曜日を取り戻そう運動、盛んに』というなんとも唾棄すべきものであった。

勝手な奴らだ。どうせおまえらも月曜日を口悪く言っていた加害者だろうに。

その他、消えた月曜日と結びつきそうなものといえば『日本政府、月曜日消失対策委員会を設置』や『火曜日の自殺者が増加』などであるが、どれも俺には直接関係のない、暗く遠い話題ばかりだ。

「くだらねえ」

舌打ちまじりにチャンネルを切り替えると、突然のカメラのフラッシュに目が眩まされた。画面の向こうでは、モテないで有名だった人気芸人が、芸能界きっての美人女優との結婚報告会見をしている最中であった。

「川ちゃん、結婚するんだ」

彼のことはよく知らないが、昼間から酒とカップ麺を啜り、人生のヒロイン不在に悩んで枕を浸水させていた同志だったはずだった。

『異例のスピード婚となりましたが、おふたりはどのようにして出逢われたんですか？』

『いやー、それが……』

川ちゃんは艶のあるキノコ型の黒髪を撫でつけながら、バツが悪そうに隣を見遣る。隣に立つ人気女優の赤井愛は手に持ったマイクを口元へ運ぶと、困ったような笑みを浮かべた。

『ふたりとも、よく覚えていないんです』

「なんじゃそりゃ」

肝心な出逢いのハウトゥーが共有されなかった俺は、「そんなキラキラした思い出を忘れてどうする！」と無責任に憤った。

そこで、はたと省みる。

俺はなにか大切なことを忘れてはいないだろうか。

そのまま将棋盤のようなテーブルに目を落とす。卓上には、ぬるくなった缶ビールと伸びきったカップ麺がちょこんと置かれているばかりだった。

＊

「……潰れてる」

蒲蒲を結ぶ蒲田東口商店街の中腹で、俺はがらんどうになったテナントの前に立っていた。深みのないコーヒーを出すあの喫茶店が、月曜日消失のあおりを受けて潰れたのだ。

以前の俺は「俺の居場所はなんら変わりやしない」とのたまっていたが、今ここに撤回しよう。この世界も、人も、すべては流転《るてん》する。七日あると信じていた一週間ですら、今では六日しかないのだから。

「そうか、そうだよな……」

どこか寂しい風の吹き込む商店街を西進し、俺はＪＲ蒲田駅へと向かった。

ＪＲ蒲田駅の東口にはロータリーの中央部に中州《なかす》のような空間があり、そこにはよくわからないモニュメントが建っているばかりか、分煙の境界線をものともしないヘビースモーカーたちによって常に不健康な霧が立ち込めている。わざわざ横断歩道を渡らないとたどり着けない陸の孤島であるため、待ち合わせ場所にすら不向きである。

　そんな負の空間をぐるりと迂回するように駅ビルに近付くと、その空間からいつにも増してどす黒い気配が立ち込めていることに気がついた。

「幼き日より慣れ親しんだ友人ともいえる月曜日が、このまま消えてしまってもいいですって⁉　恥を知りなさい！」

「うるせえ、偽善者！　あいつが俺たちになにをしてくれた？　くれたもんは憂鬱と出社の苦しみだけだ！　月曜日なんてもんは、このまま消えてなくなっちまえばいいんだ！」

「まあ！　なんて野蛮な！」

　かつて行われた歴史上の合戦でも、事の発端に後世の者が首を傾げることは多々あるが、この合戦の模様が未来に語り継がれた場合、その時代の者は首を傾げるどころでは済まないだろう。なにせ、たった今目の前で観察をさせられている俺ですら、なにが起こっているのか理解できていないからだ。

　俺から見て左手側、つまりモニュメントの前にたむろしているのは、黒いTシャツに白の筆文字で「月滅会」と印字されたパリコレモデル必携のアイテムを身に纏った十人程度の軍勢である。

一方、右手の喫煙エリア側に陣を構えるは、赤いTシャツに白の明朝体で「七曜の会」と印字された現役女子高生のマストアイテムを目印にしている十数名のモノノケたち。

「いいか？　高度経済成長が終わり、すでに数十年経った。元号も二度変わり、経済、物資的に豊かになったにもかかわらず、うつ病患者や自殺者は絶えない！　なぜか！　それは月曜日の野郎が厚い雲のように人々の希望を覆い隠しているからだ！　俺たちは月曜日から人類を解放しなければならない！」

そう息巻くのは、あの黒シャツ集団の中では見るからに偉い立場にいるであろう、無精ひげが無精な雰囲気を垂れ流す中年男性である。彼のありがたい演説のあとには、取り巻きがわあっと歓声をあげた。

「なんてことをっ……もうっ……」

対抗馬である肩パッドがガツンと効いた紫色のジャケットを羽織ったご婦人は、言葉に詰まっている。どう反論すべきか思案している、というよりかは、反論できるような冷静さを持ち合わせていないように思えた。

無精ひげの男はにやりと笑うと、ここぞとばかりに追い打ちをかける。

「月曜日！　その悪魔の曜日の存在は多くのものを狂わせる！　月曜日の朝には電車

はダイヤどおりに動かず、ようやくの思いで就職した学生も、五回目の月曜日を迎えられれば上出来だ。小学生ですら週末の宿題のストレスで胃に穴が開き、社会人は日曜日の夜に酒を飲みすぎて肝臓が腫《は》れ上がる！　俺は五年付き合った彼女に月曜日に振られ、次の月曜日にはリストラにあった！　月曜日のせいでみんなの人生がめちゃくちゃだ！」

なるほど。彼がなぜこのような唾棄すべき活動に精を出しているのか、理解ができた。完全に私怨《しえん》である。

「最後のほうは月曜日関係ないじゃないの！」

「うるさい！　全部月曜日のせいだ」

厄介ごとに巻き込まれる前にここから退却したいのだが、いかんせん、この世紀のエンターテインメントに夢中になってしまっている自分がいる。月曜日うんぬんでここまで高出力のエネルギーを使えるとは、普段からよほどカロリーの高い食事を摂っているのだろう。どうにかして俺も養ってもらえないか。

「おやめなさい」

劇団四季もこの熱量の中では全て夏組になってしまうほど愉快なエンターテインメントを一言で止めたのは、幼稚園児にオーダーメイドしたのかというくらい、雑多な色にまみれた眼鏡をかけた初老の男性であった。

赤シャツ集団の奥、喫煙エリアから出てきた彼は、夏場に似合わない和装に下駄という、なんとも怪しげな格好をしている。ロックならこの胡散臭い男に「イロメガネ」なるあだ名をつけてもおかしくはない。

「月滅会の……なんと言ったか……松本さんや」

「俺は松井《まつい》だ。耄碌《もうろく》したか、七曜の会最高幹部の高貫《たかぬき》さんよぉ！」

「おお、これは失敬。七曜の会を辞め、月曜日排斥団体なんて物騒な団体を立ち上げるような奇特な御仁《ごじん》の名前を忘れてしまうとは」

この高貫という男性が出てきてからは、劣勢ムードであった七曜の会側が勢いを取り戻したように見えた。一方で、月滅会のほうはムラムラと立ち上がる熱気に似合わず、苦虫を噛み潰したような表情で一同固まっている。

「松井さん。本当に、月曜日だけが悪いのでしょうか」

「なんだと……？」

まずい。このままいくとあの松井なる人物は説き伏せられてしまう恐れがある。なぜなら先ほどの彼の演説を聞く限り、彼はただ彼女に振られてリストラされただけだからだ。

いや、どちらも大事《おおごと》なのだが。なにせ、月曜日がまったく関係ないというところが問題である。

「私たちは大人になり社会を知って、こう叫びます。世の中退屈なことばかりだ、と。でも、本当にそうでしょうか？　この世界がつまらないのは、退屈なのは、この世界のせいでしょうか？」

「それはッ……」

なんと高貫という男、おかしなのは風貌だけで、言っていることは至極真っ当である。真っ当すぎて、耳が痛い。

「許しましょう、全てを。憎しみのカルマを断ち切るのです。月曜日は、〈七曜の神〉はなにも悪くありません。悪いのはこの世界の可能性に気付けず、許せない私たちの愚かさなのです」

「俺は、ただ……」

これは本格的にありがたいお言葉になってきた。宗教にハマる人の気持ちも今なら理解できる。今なら新たな一歩を踏み出せるかもしれない、そんな気さえしてくる。

気がつけば、高貫は自身の袖口からなにかを取り出していた。

「許しの力を増やしましょう。今ならあなたに、ルナティックパワーの宿るこの神聖なネックレスを五本セットでお売りいたします。お値段なんと、十二万五千円！」

「安い！　安すぎますわ！」

なんだ、これは。

俺は踏み出しかけた新たな一歩をゆっくりと引っ込めた。高貫のおっさんは胡散臭い笑みを浮かべ、肩の張ったご婦人は鼻息荒く次の合いの手チャンスを窺《うかが》っている。

「さあさあ！　なんと今なら、このルナティックブレスレットに、ルナティックアンクレットもおつけいたしましょう！」

「なんてお買い得！」

ゆっくりと引っ込めた一歩はそのまま後ろ向きに踏み出され、俺は眼前の恐怖の押し売り集団から一刻も早く逃げたい気持ちに駆られていた。

一時は指導者然としていた和装男性の変貌ぶり。合いの手が見事に決まりご満悦そうな肩パッド婦人。ひげに包まれた唇をぶるぶると震わす小汚い男性。これのなにがエンターテインメントか。

「やめろ！　俺はそのルナティックなんちゃらの買いすぎで借金をして振られたんだ！消費者金融からの電話で会社にも借金がバレて、それがリストラに繋がったんだ！」

「自業自得じゃございませんか」

最高幹部様の口先から飛び出した痛恨のストレートパンチを受けて、松井はその場によろめいた。この高貫とかいう男、先ほどから真っ当なことしか言わないが、それを買わせた側が言うのはいかがなものか。

優勢の高貫は一歩踏み出し、ここぞとばかりに追い打ちをかける。

「許しましょう、世界を！　愛しましょう、月曜日でさえも！」

「月曜日なんか、愛せる訳ないだろ！　おまえらみたいな頭が常に祝日な奴ら以外に、あんな悪魔を愛せる訳がない！」

松井の叫びを受けて、先ほどから後ろのモニュメントと同化していた軍勢が息を吹き返す。一様に覚えたての言葉のように「そうだそうだ」と連呼する。辺りは騒がしさを増し、人が集まってくる。集まりはするが、中州に近付こうとする者は誰一人としておらず、みな動物園の檻に入れられたバブーンの群れを眺めるような姿勢を固持している。

事態が白熱していく中、ひとつのかわいらしい声が駅前の喧騒を切り裂いた。

「あたし、月曜日を愛している人を知っています！」

なぜだろう、聞いたことのある声だ。懐かしさと哀しみを想起させるこの声。はて、俺はどこでこんな綺麗な声を出す女性と知り合ったんだ。ぜひ、紹介していただきたい。

「ふむ、どこかね。〈月呼びの巫女〉よ」

「中里、てめえ！　またそうやって騙そうってのか！　そんな奴いるわけないだろ、はったりだ！」

中里、その名前には聞き覚えがある。学生時代、夢の見すぎで瞼が開かなくなった俺を新興宗教の総本山まで導こうとした女性の名だ。

彼女が今なにをしているのか、なにが好きでなにが嫌いだったのか、俺は知らない。知らないが、ルナティックパワーが宿るという怪しげな品々を俺に押し売ってきた過去だけは忘れもしない！

「――まさかッ！」

「あそこです！」

俺はとっさに声を上げてしまう。赤シャツ軍団の中からこちらを指さすのは、綺麗に染め上げられたダークブラウンのセミロングヘアを風になびかせる我が人生最初にして最後の彼女。その美貌と愛らしい性格で学内の男子学生をあまねく集め、神からの啓示を一方的に伝え、天使の如き笑顔で集まった男どもに「月曜日めっちゃ好きやねん」と妄言《もうげん》を吐かせた魔性《ましょう》の乙女。

「あの人は月曜日を愛しています！」

中里さん、彼女であった。

＊

まさかこんなところで彼女と再会を果たすとは、夢にも思っていなかった。そして、どうか夢であってほしい。この状況は生来の端役である俺には少々荷が重い。

「ナカガキくん！」

名前を憶えていてくれたという些細《ささい》な事実に心が温まる自分を叱責《しっせき》しつつ、俺は脱兎の如き速さで駅ビルへと逃げ込んだ。このまま駅ビル内をのらりくらりと揺蕩《たゆた》い、呑川《のみかわ》沿いのガード下を通って京急蒲田方面へと抜ければ、無事我が城に帰投することができる。

紳士服売り場と婦人服売り場を縫うように駆けた。寝間着として着用することすら御免被りたいTシャツを喜々として纏った狂人たちは、駅ビル構内を血眼になって捜しているようだ。

月滅会の連中は俺を見つけ出して「月曜日なんて大嫌いだ！」と叫ばせる気だろう。心情的にはこちらに加担したい。一方の七曜の会は「全てを許し、月曜日すらも愛します！」と宣言させる気だろう。こちらの主張は今すぐにでも膝蹴りでへし折ってやりたいのだが、なにせ相手が中里さんだ、手荒な真似はできない。

紳士服売り場で靴下を眺めながら隠れていると、エスカレーターのほうから声が聞こえてきた。俺はさっと身を屈《かが》め、息をひそめる。

「ちっ……あの野郎、どこいった」

松井は無精ひげに汗を蓄えながら、なにも悪いことはしていないナカガキ青年が隠れている棚の前を通り過ぎていった。

おのれ中里さん、なんてめんどうを愛嬌とともに振り撒いてくれたのだ。

「俺がなにをしたっていうんだ……」

このままここにいても危険だ。主戦場を変える必要がある。

ならば、西館しかないだろう。

駅ビルの西館六階には、わりと大きめの書店がある。俺はこの専門書コーナーで休日を過ごすことが間々あり、ここからなら目を瞑《つむ》ってでも駅ビルの主要な出入り口にたどり着ける自信があった。ゆえに、鬼ごっこには最適であろう。

ほとぼりが冷めるまでの暇つぶしとして「人体デッサンの技法」と書かれた分厚い本を手に取る。定本さんの机にも似たような本が置いてあったな、と呑気に考えながらページをめくっていく。

思えば、学生の頃から自分の専攻外の専門書を流し読みするのが好きだった。それが高じて科学の講義をよく取ったが、今にして思えば悪手だった。科学の講義が卒業要件外単位であると知った大学二年生の秋にはストレス太りした。

ちょうどあの頃だ、彼女に出逢ったのは。

上質紙に印刷された女体の神秘を専門的知識とともに学んでいると、なにやらセンチな気分になってきた。ずっしりと重いデッサンの本は、今の俺の気持ちを表しているようでどうにも癪だ。すぐにでも棚に戻したかったが、この歳になっても女体の神秘から目が離せないのは男の性《さが》である。

悔しい。そう思いながら次々とページをめくっていると、美しい臀部《でんぶ》のデッサンに突如として影が落ちた。

ひょいと、乙女特有の甘い香りが俺の首根っこを掴む。

「やっほ！　やっぱり、ここにいた」

「中里さんっ！　どうしてここに！」

不意の声に身悶えした俺は、逃げるよりも手に持った高貴な学術書を傷付けずに棚に戻すことを優先した。自身の所有物であるか否かを問わず、またどのような状況であれ、本は丁重に扱わなければいけない。これはダザイがサンボに漫画を貸した際、ページの間に燻製イカが挟まっていてダザイが憤慨した「ダザイ燻製イカ混入事件」を経て野郎五人で誓い合った信条である。

「ナカガキくん、専門書見るの好きだったから。今もそうかなって思って」

汗で額に貼りついた前髪を払いながら、彼女はえへへと笑った。

刹那、昔の恋心がお湯をかけられた乾燥わかめのようにむくむくと膨らみはじめたのがわかった。中里さんの笑顔は、先ほど紙っぺらの塊から得たなんの質感もない神秘性とは違い、真の神秘性を俺の五感に訴えかけてくる。

これが神の啓示。これがルナティックパワー。

「もしかして、あたしのことまで忘れちゃった……？」

「いや、そんなことは……」

「よかったー！　それじゃ、はいこれ」

古代ギリシアの美神アフロディテまでもが嫉妬するであろう現代日本の女神中里さんは、桃色の後光をてかてかと煌《きら》めかせながら、手に持った一冊の単行本を俺に差し出した。その装丁は目が痛くなるほど豪奢《ごうしゃ》で、白と赤を基調とした表紙には「Dance with Our Seven Days」と記されている。

「なんだい、これは」

「うちの教祖様が語ったとされるありがたーいお言葉が書いてある本だよ。もう八か国語にも訳されている大ベストセラーなんだけど——あっ！　待って！」

俺はとっさに逃げ出した。専門書コーナーには静止を願う愛らしい声が響く。

「ふざけたタイトルしやがって！　毎日踊ってなんていられるか！」

強がりはするが、実際のところ彼女にあと一押しでもされていたら、俺は学生時代に刻んだ轍《わだち》の上で恋のタップダンスを披露していただろう。純真な男の子はそのくらいにちょろい。

「ナカガキくーん！」

「うるさい、呼ぶな！　振り返りたくなる！」

背後から迫る妖艶《ようえん》な声に足を搦《から》め捕られそうになるも、俺は持ち前の運動能力の高さで駆け抜けた。高校時代、体育の成績が5段階評価で4だった我が健脚を舐めてはいけない。

「待って、違うの！　話がしたいだけなの！」

「学生時代にやってた五分で三千円の人生相談か？　それなら今は持ち合わせがない！」

「タダでいいから！」

「タダ……？」

「しかも、握手券付き！」

「握手券付き……？」

俺はピタリと立ち止まり、振り返る。握手券と言えば、三万円もするルナティックブレスレットを五つ買わないと手に入らないレアモノだ。

欲に眩んだ瞳が彼女を捉える。髪をさらさらとなびかせながら駆け寄ってくる彼女の柔らかそうな手には、教祖アヤコ・うんたらヴィレッジの呪詛が書き連ねられているという分厚い本がむんずと掴まれている。

その帯を飾る金色の文が、ふてぶてしく微笑んだ。『Shall we dance?』

「どうして男という生き物はこうも阿呆なのだ！」

徐々に小さくなっていく「待ってー！」の声に振り向きたくなる自分を幾度となく心の中で叱りつけ、駅ビル内を駆け抜けた。

西口に出て、激安の殿堂の横を通って工科大学の駐輪場まで走る。辺りを見回し追手がいないことを確認すると、横を走る呑川緑道《のみかわりょくどう》のガード下通路から京急蒲田方面へと流れていった。

まさか、貴重な有休使用日にこんな目に遭うなんて。

自身の日頃の行いの悪さを呪うとともに、一連の騒動に俺の落ち度が一点たりともないことに気付き、憤慨した。強いて落ち度を挙げるならば、学生時代に中里さんに惚れてしまったことだろうか。

いやしかし、学生時代のまだ目も開いていない子犬のような、いたいけで愛らしい自分自身を責めることなどできやしない。なにしろあの頃の俺は、今の俺の憧れそのものなのだから。

俺はいつものように安い発泡酒とおつまみを買って帰ると、大学時代によく聴いていた曲を聴いて無様に泣いた。

いつからだろう。ようやく再会できた彼女から逃げるような情けない男に成り果てたのは。

「酒ってこんなに苦かったたっけ……」

発泡酒とさきいかをお供えした神棚からは、鼻で笑うような音が聞こえた気がした。

＊

ここで一度、彼女について仔細《しさい》に語らねばならないだろう。

彼女との出逢いは、誰も俺を理解し得ぬと孤独風をびゅうびゅう吹かせていた大学二年生の秋の日のこと。人生の迷子だった俺は、その日も心の防風林を探して学生棟内を彷徨《さまよ》っていた。

「人生、相談……」

偶然通りかかった教室の扉には「人生相談、五分で三千円」と書かれた紙が貼ってあり、俺は「まさか歌舞伎町の飛び地に迷い込んでしまったのではないか」と狼狽えた。

だが、よくよく思い返してみると、俺はこのいかにも胡散臭い「ぼったくり人生相談」に覚えがあった。講義がはじまる前の教室、ランチ時の学食、俺は各所において周囲の有象無象からこの人生相談の噂を盗み聞きしていたのだ。美女が哀色の悩みを桃色に染め上げてくれるという、実に信じがたく、羨ましいこの噂のことを。

「許すまじ」

俺はリノリウム材の床を踏みしめ、真鍮製のドアノブに手を掛けた。

決して美女が目当てだったわけではない。純真な男を騙し、楽をして生きる魔性の守銭奴《しゅせんど》を討伐せねばなるまいという義憤《ぎふん》に駆られていたのだ。そして討伐した暁《あかつき》には、即座に和解して蜜月な関係になろうとも画策していた。実に賢い行動計画である。

俺は計画の第一歩を踏み出すべく、扉を大きく開け放とうとしたが、どうも建付けが悪い。握ったドアノブを両手で上に引き上げ、扉を少し浮かせると、扉はようやく

「ぎぎぎ」と金属質の音を立てて開いた。

教室の片隅で俯いていた彼女がその音に驚いて顔を上げる様子が、必要以上に大開きされた扉から見えた。

「もし、道を尋ねたいのだが」

拍子に、彼女の目元に溜まっていた小さな水滴が、ぽとりと落ちた。

「ど、どうした？」

「ああ、ごめんね。別に、なんでもないの」

そう言ってすんっと鼻を鳴らした彼女は、傍から見てもなんでもなくはなかったが、泣いている女性の扱いなど習ってこなかった俺は、「いや」だの「だが」だの、二文字の留保を舌先で弄することしかできなかった。

「本当になんでもないの」と、彼女は涙を拭う。

「あたしも、道に迷ってて」

未だ涙に滲む彼女の目尻が、くしゃりと歪んだ。

儚くも愛らしい笑顔。言わずもがな、俺の胸は強く打たれた。

「あ、あのさ」

その衝撃は凄まじく、だからこそ余震でぐらぐらと揺れる胸の底から、みっともなく微振動する声で俺は告げたのだ。

「俺でよければ話を聞こうか」

「え……?」

「ご、五分だけ。もちろん無料でいい。他言はしないし、するような友人もいない」

「ふふっ、なにそれ」

彼女は目尻に残る涙の痕を拭いきってから、再び笑った。

「それじゃあ、お願いしようかな」

中里さんのお悩み相談は、そこからとっぷり三十分ほど続いた。それは親との不仲や、友人関係の不満、迫りくる将来への不安など、五分三千円で人生相談を受けている人間とは到底思えないほどありきたりで、普遍的な内容だった。

「ほんと文句ばっかりよ」

「君も存外、苦労してるんだな」

「うん、お母さんの気持ちもわかるんだけどさ」

彼女が四歳の頃に離婚を経験した母親は、その後ひどく荒れ、すぐに宗教に傾倒しはじめたそうだ。過保護な母親を悲しませないため、一人娘である彼女も、幼い頃から宗教活動に従事しているという。「それでも、あたしの気持ちももっと尊重してほしい」と語る横顔には、薄氷のような孤独が貼りついていた。

「難儀な家庭事情だな」

「まあね。小学生の頃から、放課後は毎日教会の支部に顔を出さなきゃならなかったし。だから、友達もなかなかできなくて」

「そのわりに、学内では有名じゃないか」

「有名だからって友達が多いわけじゃないよ。むしろ、逆」

机に置いた腕に顎を乗せ、彼女は唇を尖らせる。

「興味本位で寄ってきて、理想と違ったらすぐに離れていく。たまに残る子だって、別に本当の友達になろうと思って横にいるわけじゃない。あたしのことなんて、めずらしいアクセサリーくらいにしか思ってないのよ」

冷たい膜に覆われた彼女を、淡い夕陽が染め上げる。「君は、どっちかな」と流し目を向ける彼女の美しさに、俺は思わず息を呑んだ。

「俺は――」

　一瞬、彼女の手首に巻かれたブレスレットに反射した黄色い光に、目が眩まされた。光が射したほうに視線を移すと、芸術品でも観るような目で彼女を見る自分が、窓ガラスに映っていた。

「君は？」

　彼女の声が絶望しているように聴こえて、だから俺は、もう一度勇気を振り絞ったのだ。

「俺は、アクセサリーを着けるような小洒落た人間ではない」

「え？」

「すぐに離れられるほどフットワークも軽くない。理想なんて重いものは持った試しがないうえに、本物の関係性以外には興味がない」

　俺の言葉に、彼女はぽかんと口を開ける。射し込む夕陽が、彼女を覆う孤独を溶かしてくれればいいのにと願った。

「俺は、どっちだと思う？」

「君は、そうだね、変な人だ」

　けらけらと笑った彼女は、思う存分話して落ち着いたのか、先ほどまでの青《あお》っ白《ちろ》い雰囲気をすべて脱ぎ捨てて、陽だまりのように柔らかな表情で頬杖をついた。

「はあー、なんか普通の女子大生みたいな話しちゃった」

「君は普通の女子大生じゃないのか？」

「ん、まあね。そのうちわかると思うけど。それよりも話聞いてくれてありがとうね。お礼に、これ――」

彼女がやおらトートバッグから取り出したのは、赤の下地に月の紋様が描かれた陶製のマグカップ。不意に手渡されたそれは普段使いするには不便すぎるほどに重く、食卓に置くには攻撃的すぎるデザインをした代物だった。

「マグカップ、か」

「ルナティックパワーが宿る神聖なマグカップでね、ひとつ二万円なんだけど――」

「たばかったな！　さっきのしおらしさはどこへ消えた！」

「うそうそ、特別にお代は学食の油淋鶏《ゆーりんち》定食でいいよ。たったのワンコイン！」

「結局お金を払うことには変わらないじゃないか」

「これ実は、あたしとお揃いのマグカップなんだよね」

「ひとついただこう」

渋い顔でマグカップを手に取る俺を見て、彼女はくすくすと頬を弛めた。

「それじゃ、お腹も空いたし学食いこっか」

それから彼女は事あるごとに「やっほ！」と話しかけてきた。学内で、駅前で、街中で、至るところで人目も憚らず俺に構った。そのためか、今でも「やっほ！」と聞くと身悶えしてしまう。おそらく南アルプスあたりに行けば、やまびことして反響する「やっほ！」に俺は即時卒倒するだろう。なんと情けないパブロフの犬か。

とかく、俺は長々と過去の恋愛を語る男は好きではないし、語らずとも固執している男も好きではない。後者のほうがより陰湿で手の施しようがない。古傷を眺めて「綺麗だね」と言うが如き愚行であり、悪趣味極まりない。

ゆえに、今の今まで彼女のことは忘れたつもりで生きてきた。彼女に未練を感じたことなど一マイクロ秒もないという気概だけは、やたらにあった。

しかし、残念ながら俺の大脳皮質の性能は著《いちじる》しく高く、本体である俺自身が忘れたつもりで振る舞っても、時折ひょっこり「大事なもの忘れてますよ」と瞼の裏に4K映像として映写してくるのである。

つまびらかに話せば、俺は先ほどの例に挙げた後者側の人間であり、つまりは自分のことがあまり好きではない。未だに彼女に固執しているし、古傷を見て「綺麗だね」と呟く変態だ。

あの日迷い込んだ防風林に花が咲くとは思いもしなかった。散った恋の花びらは豊《ほう》穣《じょう》な心を育むと言うが、今の自分を見て到底そうとは頷けない。

新しい恋を探そうにも、彼女が残した枝葉が邪魔で、どうにも前が見えにくい。

＊

なにかがおかしい。

そう思いはじめたのは、ここ数日のことだ。前提として「月曜日が消えた」という最上級のおかしさがあるのだが、どうもそれとは気配が異なる。

たとえば、こんな感じの――。

「堺さん、お金なら出すんでそのヘッドフォン売ってください！　お願いします！」

「これはもう売ってないやつだからなあ」

昼休憩も終わりかけの午後一時前、目の前で駄々をこねる片岡をあしらいながら、堺さんは食後のアイスコーヒーを啜っていた。

「一目惚れしたんすよ。そのフォルム、愛らしいパステルブルーの配色。ぼくにぴったりだと思うんですよ。ね！」

「えー、でもなあ……」

「先輩もそう思いますよね！」

不意に話を振られた俺は、そのかわいらしすぎるヘッドフォンをちらりと見てから

「まあ、堺さんよりは似合うんじゃない？」と適当に相槌を打つ。

「ですよねー！」

「えー、困ったなあ……」

　気持ちの悪いステップを踏みながら堺さんのデスク周りをひとしきり跳ねた片岡は、

「先輩だったら堺コレクションのどれがいいっすか」とキラキラした眼差しを俺に向けた。まるで自分に所有権があるかのような口ぶりだなあ、と思いつつも、俺は俺で
「そうだなあ」ともらえることが前提かのように悩んでみた。

「俺は、メタリックブルーのやつがいいかなあ」

「……そんなんありましたっけ？」

　片岡は眉根を寄せ、近くの席で野菜スティックを齧《かじ》っている定本さんに視線を遣った。

「わたしもメタリックブルーのやつは知らないですね」

「絶対あったよ。ねえ、堺さん」

「あるにはあるけど……。ナカガキ、それどこで見た？」

　堺さんは訝《いぶか》しげな面持ちで氷が溶けて薄くなったアイスコーヒーを啜る。

「いや、普通に会社じゃないっすか？　会社以外で堺さんと会うことなんてないでしょ」

ちょっと傷付いた表情をした堺さんは、「でも、あのヘッドフォンを会社に持ってきたことないんだよねえ」と腕を組んで唸る。

「先輩、誰かのものと勘違いしてるんじゃないですか?」

「そうかなぁ……」

「あのヘッドフォンはかなり人気だったから、ほかの人が着けててもおかしくないね」

「そう言われると……」

そこまで言って、俺は口を噤んだ。もう何度目かわからない、自分の脳みそを信じられなくなるくらいの噛み合わない会話。

そう、これこそが俺の覚えた違和感。この違和感は日を追うごとに強くなり、そして夜を跨ぐたび、違和感があったという記憶自体が薄れていく。そしてまた、会話を通して思い出すのだ。

「先輩、疲れてるんじゃないっすか」

からからと肩を揺らして笑う片岡。俺は、彼の背後に広がる職場を見渡した。まるで月曜日など元からなかったかのような平和な光景が広がっている。かつて大時化の様相を呈していたオフィスは不気味なくらいに凪《な》いでおり、俺はその静けさに溺れないように小さく息を吸い込んだ。

なにかが、おかしい。

＊

「ややあやあ！　よく集まったな！　英雄諸君！」

「おせーぞ、ロック。おいダザイ、早速漫画を読むな」

不快指数の高い梅雨の空気をより不快なものにすることに長けている阿呆どもが、品川駅にて一堂に会した。

なんと恐ろしいことに、あの不毛な会合の第二回が今ここに開催されようとしているのだ。

「漫画を読むくらいいいだろう。遅刻するよりかはな」

「スマホの調子が悪くて修理屋に寄ってたんだよ！　いいだろ、五分くらい！」

ロックは相変わらずのやかましさで騒ぎ散らかし、前回よりもツイストの効いたダザイは、さも純文学でも読んでいるかのような顔で漫画を読み耽る。カイワレはご自慢の筋肉から熱気をムラムラと発し、サンボはいつにも増したむすっとした表情でスマホを眺めているばかり。唯一の常識人は、俺一人に思われた。

前回と同じ居酒屋「由良姫」へと入ると、これまた前回と同じ座敷の隅の席へと通された。隔離したほうがいい、と判断されたのだろうか。

しかし、これは人生という舞台の隅っこを這ってきた我ら阿呆五人組には嬉しい配慮である。隅っこというのは、とても居心地がよい。

「お、角席じゃねーか。気が利くねえ！」

いずれ大物になりそうなロックですら、隅っこの素晴らしさにご満悦である。

「盃《さかずき》を交わすぞ！　野郎ども、グラスを持て！」

ロックの暑苦しい音頭《おんど》のあと、残りの四人が覇気のない乾杯を済ませると、早速本日の無意味かつ非生産的な倶楽部《くらぶ》活動がはじまった。

「それじゃあまず、各々が考えてきた世界の救い方の発表といくか。トップバッターは、ナカガキ！」

「えっ、俺かよ」

返答をでっち上げるためたっぷりと二秒ほど苦心するが、なにも浮かんでこない。なにせ議題が荒唐無稽《こうとうむけい》すぎるのだ。

俺はカイワレに目配せし助けを求めるが、カイワレはカイワレで機嫌の悪そうなサンボの相手で忙しそうである。ならば、俺に残された選択肢は正論を振るい、この阿呆男を黙らせるという強硬手段だけだ。

「結局よお、政府でもわからないことを俺ら阿呆が考えても仕方ないいんじゃないか？」

「はい、その答えはロックンロールじゃありません。そこを考えんのがおれたちの仕事だろうが！」

「なんだこいつは……」

俺の振るった正論は、曲がったこと以外を愛せない奇病にかかっているこいつには通用せず、逆に呆れられるという屈辱を受ける羽目になってしまった。

「ナカガキはもうダメだ。次、ダザイ」

俺の次に標的にされたダザイはため息をひとつ吐くと、めんどうくさそうに呟いた。

「海外では日本が原因である、とか言われているみたいだけどね」

「それどこ情報だよ、ダザイ」

「海外のネット掲示板」

「そういうネットソースの情報提供はサンボ担当だろ。なあ、サンボ？」

「しらん」

ロックから話を振られたサンボはこちらを一瞥することもなく、ただ粛々と色の濃いハイボールを胃に流し込んでいた。

不思議に思った俺は、先ほどサンボのお世話をしていたカイワレにこっそりと尋ねてみる。

「なあ、カイワレ。サンボはなんであんなに機嫌が悪そうなんだ？」

「なんか、楽しみにしてたアニメが放送延期になっちゃったんだって。月曜日の夜にやる予定だったやつ」

「それだけ？」

「それだけ」

「それだけ？　じゃねーよ！　超大問題だろ！」

サンボは急に声を荒らげたかと思うと、そのまま机に突っ伏して泣きだした。

傍《はた》から見れば、情緒が不安定なオタクにしか見えない。

また、その解釈が最も正しいとも言えた。

「あのアニメを元ネタにした同人誌を描いて、冬コミで大儲けするつもりだったのに……」

「おまえ、同人作家だったのか……」

なんと、こいつの謎の収入は同人活動からきていたらしい。初耳である。おそらくみなも初耳なのであろう、口をぽかんと開けた野郎四人がオタクを囲む異様な光景ができあがってしまっていた。加えて、ニートらしからぬ普段の金回りのよさから、そこそこに人気のある作家であることすらもが窺え、俺はちょっぴり羨ましくなる。

「おまえらなんじゃねーのか」

「な、なにが」

サンボがこちらを睨みつける。どす黒いヘドロのような感情が込められた瞳は、いつも昂然《こうぜん》としているロックをしても怖気づいてしまうほどの迫力があった。

「しらばっくれてんじゃねえよ！」

「は……？」

「おいおい、なに言ってんだよ、サンボ」

「いったん落ち着いて、ね？」

カイワレがお冷を手渡す。サンボはそれを飲み干すと、「そうにちげえねえ」と呟いた。

「サンボ、念のため訊くが、なにが〝ぼくら〟なんだ？」

電子書籍端末をテーブルに置き、ダザイがメガネをくいと上げる。その顔をじっと見つめてから深い息を吐いたサンボは、舌打ちまじりに口を開いた。

「月曜日を殺した犯人だよ」

俺たちはしんと黙り込んだ。サンボの放った言葉は、裏付けがないはずなのにどこか説得力に富んでいるように感じられたのだ。

なにか核心を突かれた気がして、俺の視界はぐらりと揺らぐ。

「月曜日を恨んでいるのなんて、サラリーマンくらいのものだろ。まあ、くらいのものって言っても、世界規模でみたらとてつもない数だけどな」

「おいおい、ロックンロールがすぎるぜ。ナカガキもなんか言ってやれよ――って、おい、ナカガキ？」

「俺たちが、月曜日を……？」

*

誰がこの世界から月曜日を消し去ったのか。冷静に考えてみれば、それは個人の成し得る領域を遥かに超えている。世界の富豪ランキングの上位者が手を組んだって、月曜日を完璧に隠匿するなんてできやしないだろう。そもそも彼ら資産家には月曜日なぞ、ただの七つある曜日のひとつにすぎないはずだ。

では、犯人は誰か。

それはひどくファンタジックで、超常的な能力を有する者による犯行だと断定していいだろう。さらに、そいつは個人とは限らず、有機生命体である必然性もない。

引っかかっていたことがある。七曜の会の奴らが言っていたことだ。

〈みなさんの憎しみのカルマが、罪なき曜日を殺したのです〉

〈そこのあなた。あなたも加害者なのですよ〉

あの時はただの戯言《ざれごと》だと思っていた。ただ人生に疲れた者がうそぶいているだけだと。

加えて、月曜日排斥団体「月滅会」の松井はこうも言った。

〈月曜日なんか、愛せる訳ないだろ〉

〈月曜日なんてもんは、このまま消えてなくなっちまえばいいんだ〉

そうだ。俺たちはみな、月曜日を恨んでいた。殺したいほどに。

〈月曜日なんて、死んじまえ〉

かつて自分が放った言葉が、明確な殺意を持って頭蓋の内を飛び回る。いや、俺だけじゃない。この国のサラリーマンの多くが一度は放った言葉だろう。剣よりも鋭く、棍《こん》よりも硬いその言葉を、月曜日は浴びせられ続けてきた。

こんなことを俺が思うのは酷く傲慢《ごうまん》で、偽善的で、吐き気を催《もよお》すが、あえて言いたい。

月曜日がなにかしただろうか、と。

ただそこにいるだけで殺意を向けられ、蔑《さげす》まれ、呪いの言葉を吐きながら何人もの人間が線路に身を投げ死んでいく。いくら神であったとしても、とても耐えきれるものではないはずだ。傷付き、追い込まれた七曜の神の一柱はどうなるだろう。

古来、神を生んだのは人の集団意識だともいわれている。人が望んだから神という概念が生まれ、浮世離れしたありがたさをもってして、この世に平穏をもたらした。だとすれば、神を殺すのも人の集団意識だといえる。

つまりサンボの言うとおり、この事件の犯人とは——。

「でも、だからどうだって言うんだ？」

俺よりも一瞬早く、ダザイが口を開いた。

「もし、ぼくたちが月曜日を殺したとして、それがなんだって言うんだ？」

「おいダザイ、それは英雄が口にしていい台詞じゃねえぞ」

「ロック、冷静になって考えてみてくれ。月曜日が消えてなにが変わった？　たしかにナカガキみたいに仕事が大変になった、という人もいるだろう。でも、周りをよく見てみろ」

ダザイに促され、俺たちは店内を見渡した。顔を上気させたサラリーマンたちはゲラゲラと笑い、お酒を運ぶ店員さんたちは忙しなく動き回っている。

それは月曜日が消える前と、なんら変わりのない光景。

「世界はそれでも、何事もなく回るんだ」

「そうかもしんねえけどよお……」

めずらしくロックが口をすぼめていると、急に物哀しい音が鳴り響いた。それはロックのスマホから鳴ったもので、さすがのダザイも呆れて「音くらい出ないようにしとけよ」と肩を落とす。

「いや、出ないようにしてたんだけどな……。修理屋が設定替えちまったのかなあ」

音楽を止め、いそいそと設定をいじるロック。聞いたことのある哀しげなイントロに、俺はわずかな違和感を覚えた。

「なあロック、おまえ、前からその曲好きだったよな？」

「いや、別にそこまで好きって訳じゃねえよ。思い入れも特にねえし」

「そんなわけあるか、前回もここでこの曲を聞いたんだ。それに、着信音に設定するってよほど好きじゃないとやらないだろ」

「そう言われると……あれ、なんで好きなんだっけ……？」

またた、またこれだ。

ずっと握り締めていたものがいつの間にかなくなっているかのような感覚。脳みその皺に白いインクが垂らされたようで、ひどく気持ちが悪い。

俺たちは以前、どうしてこの曲を聞く羽目になったんだっけか。

「空ばっか飛んでっからそうなるんだよ」

イカゲソの唐揚げをもぐもぐとしながら、サンボがふんっと鼻を鳴らした。

「おおかた、気圧の変化で脳みそが絞られて記憶を落としちまったんだろ。今頃おまえの思い出は太平洋の上にぷかぷか浮かんでるぜ、きっと」

「そんな簡単に記憶をなくしてたまるか！」

記憶。その単語に、俺の脳みそは気圧の変化を受けたようにぎゅーっと搾り上げられる。ほとんど消えかけていた今までの違和感が、刹那にフラッシュバックする。

「ダザイ、前言を撤回しろ」

「どうしたんだ……？　いきなり」

泡の消えたビールを一気に飲み干し、俺は店内を見渡した。

「世界は何事もなく回ってない」

＊

「そりゃあ、どういう意味だ？」

スマホをテーブルに置いたロックが腕組みをして俺を見る。ロックだけじゃない、ダザイもカイワレもサンボも、怪訝な表情で俺を見つめていた。

「消えたんだよ、この世界から月曜日が。いや、消えていっていると言ったほうがいいかもしれない」

「そのくらいおれらでも知ってるぜ？　だからこうして対策を練るために集まってるんだろうが」

「いや、おまえらはまだわかってない」

俺は空になったジョッキを軽く撫でると、濡れた指先を目の前のカイワレに向けた。

「カイワレ、おまえが前回言っていた月曜日がなくなって困ったことって、いったいなんだった？」

「なにってそれは……」

たくましい腕を組み上げ、天井をにらむカイワレ。上向きに尖った唇《くちびる》から「あれ……？」と頼りない言葉が吐き出される。

「思い出せない。そうだろう？」

言って、俺はカイワレに向けていた指を下げた。

「こいつの場合、ただ物忘れが激しいだけだろ。脳みその皺が筋肉で埋まってるような男だぞ」

「じゃあサンボ、おまえは月曜日にやる予定だったアニメが放送延期になったと言ったな」

「ああ、月曜夜の枠のやつな」

「その枠で以前放送されていたアニメのことを覚えているか？」

「ったりめーだろ、このオレが一度見たアニメのことを忘れるわけ……」

サンボの顔からサッと血の気が引くのがわかった。

そう、こういうことだ。

「俺たちは月曜日にまつわる記憶を、徐々に失くしつつある」

「おいおいマジかよ！　じゃあ、ダザイは前回……」

言いかけて、ロックは口を噤んだ。

「その……トイレは自由に行っていいと思うぞ」

「……なんか、すまん」

前回、自前のトイレ論を展開しただけだったダザイは、ここぞとばかりに反省の色を見せる。

「つ、つまりさ、このままだとボクたちは、完全に月曜日を忘れちゃうってこと？」

「って、ことになるだろうな」

「ダザイ、適当なこと抜かすなよ。あと、もうちょい反省しとけ。メガネくいってすんな」

ざわつく旧友たちの会話をよそに、俺はあの夢のことを思い出していた。

それは俺が忘れてしまった、大切な約束についての記憶。

火曜日の午後。白い夕陽が射し込む学生棟の一室で彼女は言った。

〈昨日の約束、覚えてる？〉

変だと思ったんだ。こんなにもねちっこく在りし日の青春に固執している俺が、彼女との約束を忘れてしまうなんて。本来ならあり得ない話だ。ほかの会話も思い出せる中、あの約束だけが、白いインクで塗りつぶされたように消えている。

そこではたと、俺の思考は彼女が零《こぼ》したある言葉に引っかかり、つまずいた。

「いや、それだけじゃないぞ」

「あん？」

あの時の彼女は、そんなことを意図していなかっただろう。

ただ気まぐれで言ったはずの言葉が、次に訪れるであろう悲劇を照らし上げる。

「次は、火曜日が消える」

「おい、それどういう理屈だよ」と、ロックが唾《つば》を飛ばす。

「火曜日が消えたら次は水曜日、木曜日……。俺たちの日々が、思い出が、どんどん殺されていく。それも、俺たちの手によってだ」

「落ち着け、ナカガキ。らしくないぞ」

ダザイに手渡されお冷を一息に飲み干し、喉に貼りついた虞《おそれ》を呑み下す。まさかサンボの放った発言が、このくだらない集会に意味を持たせることとなるとは。

「ねえ、ナカガキはさ、どうしてそう思ったの？」

俺の異変を感じ取ったカイワレが、真剣な目で訊ねてくる。その目におふざけを望むような意図は窺えない。

「そうだな……。酔っぱらいの妄言だと思って聞いてくれ、少し長くなるが――」

ひととおり話し終えると、新しく来たビールを喉に流し込んだ。

苦いだけでうまくもなんともない。

俺の妄言演説の終わりを確認したロックは、「うーん」とひと唸りしてから口を開く。

「なるほどね、そりゃずいぶんロックンロールな考察だな」

ロックは何度も頷き、たまに小首を傾げ、俺の話を脳内で反芻《はんすう》しているようだった。

「待て。そうなると、最後に残る土曜日と日曜日はどうなる？　あいつらは憎まれていないはずだ」

鹿威《ししおど》しのように揺れる頭がピタリと止まり、ロックはひとつの疑問点を議論の場にあげた。すると、ダザイがそれを受け、鼻で笑いながら指摘する。

「そうか？　ぼくたちサービス業の人間からしたら、土日はそれこそ地獄みたいな忙しさだけどね。経営陣は土日を礼賛《らいさん》しているようだが、一従業員のぼくがどれか曜日をひとつ殺すのなら、まずは土曜日だ」

「言われてみりゃ、そうだな……」

「それに平日が減っていくんじゃ、そのうちおまえらも土日に働くことになるだろ」

即座に回答を得ることができたロックは、ジョッキに残っていたビールを豪快に飲み干した。空になったジョッキがカタンと音を立ててテーブルに置かれると、そのまま場は静まり返る。

耳に響くのは周囲を取り囲む酔いどれの笑い声のみ。

急に静かになった俺たちを訝しんでか、店員たちがこちらをちらちらと観察しているようであったが、それを気にかける余裕のある者は、この場にはすでにいなかった。主催者であるロックは、会の続行が不可能であることを悟ったのだろう。柄にもなく小さな声で「出るか」と俺たちに投げかけた。無論、反対する者はおらず、阿呆五人組はその肩書にふさわしくないほど神妙な面持ちで居酒屋をあとにした。

外の空気を吸うと、生温《なまぬる》い都会の匂いが鼻腔《びこう》を満たした。なんとも退屈で、おもしろみに欠けるにおいだ。加えて、外はやけに暑い。品川駅に向かう道中、五人はみな一様に額に汗をかいていた。

「あっちぃな」

ロックが誰に言うでもなく呟く。

ふと、視界の端でちらつく光源に目を向ける。

高輪口に立ち並ぶデジタルサイネージの煌々《こうこう》たる電飾文字が、梅雨が明けたことを告げていた。

第四章　退廃的人生への憤慨

呆れるくらいに晴れている。残暑厳しい十月初旬の昼下がり。暦上もう秋ではあるが、この炎天を秋晴れと呼ぶのは、いささか暦至上主義すぎる。

抜けるような空の下を大崎駅に向けて歩きながら、俺はバランスをとるように沈み込んだ曇り顔をしていた。よくよく見れば、周りのサラリーマンも曇った顔ばかりである。みな平衡《へいこう》を求めているのだろう。空は晴れていて地上は曇っている。おかしな光景だ。

梅雨明けと同時に月曜日消失事件の容疑者を暴きだした俺たちであったが、それからなにをしたということもない。ただ、漫然と日々を過ごしていた。

なにせ、手の打ちようがないのだ。

もし、俺たちの中に天才量子力学者やロックフェラー財団の御曹司、もしくは星をも動かす超常能力者の一人でもいれば、話は変わっていただろう。

しかし、俺たちは結局ただの端役にすぎなかった。残業だけが取り柄のゲーム会社勤めのリーマンに、筋肉と身長に思考力が奪われた消防士、眼鏡のホテルマンはその瞳に流行の漫画を映すことに長け、十年ものの失恋エンジンを積んだパイロットはやかましいだけである。おまけに一人はニートの皮を被った同人作家ときたもんだ。

この五人組でなにができようか。きっと、かのアーサー王ですら、この円卓の屑鉄たちを見れば聖杯探しを早々に諦め、キャメロット城に引きこもっていたであろう。

『お兄ちゃん、今日何時にこっち戻る？』

妹からのメッセージが俺を現実に引き戻す。そうだ、早く実家に戻らないといけない。親父が過労で倒れたのだ。

繁忙期は過ぎたものの、まだまだ業務が溜まったままの職場で早退を申告するのは非常に心苦しかったのだが、堺さんと片岡は「仕事などいいから早く実家に戻れ」と俺をオフィスから蹴り出してくれた。

実家は横浜市の戸塚区にあり、両親は駅から少し離れたローカルな場所でそば屋を営んでいる。自営業のため元より休みなどないに等しかったのだが、月曜日が死んだせいで平日が減り、サラリーマンの来店数が併せて減少。隔週で定休日としていた日曜日まで働かないと、なかなか稼げない状況に追い込まれているらしかった。

らしかった、というのは、俺があまり実家に帰っていないという事実を白日の下に晒す発言であるのだが、真実なのだから仕方がない。両親のことは全て妹の楓任せだ。

『遅くとも十六時には着く』

メッセージを返し、湘南新宿ライン小田原行きに乗り込んで座席にもたれかかる。流れていく車窓の景色を瞳に映し続けていると、すぐに西大井駅に着いた。

乗降客の奏でるまばらな靴音。その中にひときわ華やかに響くものがあって、俺は無意識に乗降扉のほうを向いた。

「やっほ！　奇遇だね」

＊

「なになに、サボり？」

「俺はそんな器用な人間じゃない」

「だよね。じゃあ体調が悪くて早退だ。溶連菌感染症《ようれんきんかんせんしょう》かな？」

「それは中里さんが学生の時に罹《かか》ったやつでしょうが」

「おっ、よく覚えてたね。あたし博士だ」

「誤解を生むような言い方はやめてくれ」

扉の向こうから現れた中里さんは一寸の迷いもなく俺の隣に腰を掛け、月光のように美しい笑顔とともに話しかけてきた。俺はいつ怪しげな商品を売りつけられてもいいように身構え、財布の中にいくら入れていたかを思い出していた。

自慢じゃないが、売りつけられたら断る自信はない。

「そんなに身構えないでよ、もうっ」

大袈裟に肩を落とした中里さんは、「前みたいに話したいだけだから」と微笑んだ。

「……本当に？」

「本当に。というかね、この前蒲田で会った時もただ話がしたかっただけなんだから。久しぶりに会えて少しはしゃぎすぎちゃったけど」

「ふんっ、どうだか」

ふいっと逸らした顔の横で、くすくすと笑う声が聞こえる。その声は電車がレールを踏む音に掻き消されそうで、どこか頼りない。

「それよりもさ、本当になんでこんな時間に電車乗ってるの？　営業職っぽくは見えないけど」

「親父が倒れたから、ちょっと実家にな」

「え……大丈夫なの？」

「親父のことだから、おおかた酒でも飲みすぎたんだろう。たいしたことじゃないさ」

「あー、ナカガキくんもお酒好きだったもんね。お父さんもなんだ」

「中垣家は平和主義の一族だからな、血も争わないいんだ」

「また変なこと言ってる」

彼女は再びくすくすと笑った。電車はもう少しで武蔵小杉駅に着くらしく、俺はいっそ途中下車して態勢を立て直そうかとも思った。彼女といると、どうも調子が狂う。

「あたしはお酒飲んだことないからさ、なんかちょっとうらやましいよ」

「そうなのか？」

「……うん、まあ、宗教上の理由でね」

彼女が「たいしたことじゃないさ」と小さく笑ったのに合わせて、電車は武蔵小杉駅に停車した。先ほどよりも多くの乗客が車内から吐き出されていく。不器用な俺は流れに乗ることができず、少しだけ浮かせた腰を所在なげに下げた。

そんな俺にちらりと視線を遣った彼女は頬を弛ませ、ぽつり、「変わらないね」と漏らした。

「そ、そういえば……前に蒲田で会った時〈月呼びの巫女〉とか呼ばれてなかったか？あれはなんだ、その、誉れある称号だったりするのか？」

「あれね……。あだ名だよ、あだ名。ほらあたしさ、学生の頃からやってたでしょ？」

「ああ、あれからきてるのか……」

俺と彼女は示し合わせたかのように、同時に苦い表情をした。

俺たちの言う〈あれ〉とは、いわゆる〈神降ろし〉のことである。神様をその身に憑依させるエキセントリックな妙技〈神降ろし〉は、科学万能な現代においてあまりに胡散臭く、それでいて見るものにある種のトラウマを植えつけるのには充分なほどにおどろおどろしい。

実際、ミスキャンパスに他薦で何度もノミネートされている大学公認美女である中里さんの〈神降ろし〉ですら、彼女の熱狂的ファンを瞬間冷却するのに充分なほどの霊験を有していたのだ。

いやまあ、所詮は演技なので、神仏がもたらす霊妙不可思議《れいみょうふかしぎ》な利益などはないのだろうが。

「あれのことをね、〈月呼び〉って呼んでるのよ」

困ったように笑う彼女に、俺は「そうなんだ」と返すことしかできなくて、やはり学生の時に「恋愛学」を履修しておけばよかったなと、今さら後悔する。

「別の話しよっか」

それからは彼女主導のもと、昔話にささやかな花を咲かせ、いくつもの駅を通り過ぎた。東戸塚駅を過ぎ、実家の最寄りである戸塚駅に停車すると、俺はようやく腰を高く浮かせる。

「それじゃあ、俺ここで降りるから」

「うん。あたしはこのまま湘南の支部まで行くから、ここでお別れだね」

「また会った時も話すだけで頼むよ」

俺がそう言うと、彼女は口元に手を当てて可憐に笑った。この笑顔に〈月呼びの巫女〉なんて堅苦しい二つ名は似合わないなと、心底思う。

「ねえ、ナカガキくん」

ぷしゅーという間の抜けた音を立ててゆっくりと扉が開く。

外の世界へ一歩踏み出された俺の足は、彼女が放った言葉に動きを止めた。

「……ううん、なんでもない」

「そうか」

「うん。なんでも」

束の間の停車時間が終わり、扉が閉まることを告げるアナウンスがプラットホームに木霊した。俺はそれに急かされるように止まった足を動かし、彼女のいない世界へと降り立つ。

「さようなら」

再び、ぷしゅーと間の抜けた音を立てて扉が閉まる。

扉の向こうの彼女は、なぜだか薄っすら霞んで見えた。

＊

実家に着くと母が迎え入れてくれた。少し見ない間にずいぶんと老けた気がする。

「あんた、たまには帰ってきなさいよ。近いんだから」

「心的な距離が遠いんだよ」

「はいはい。屁理屈こねるのばっかり上手くなっちゃって」

「ばっかりってなんだよ、ばっかりって」

「お父さんと楓、リビングにいるから」

「あいよ」

久しぶりに帰ってきた実家はなぜだか以前より狭く感じ、リビングへと続く廊下は少し暗いように思えた。リビングに入ると親父はソファに鎮座しており、その顔はいつにも増して不機嫌そうである。

それでも、過労で倒れたというわりには元気そうだった。

「たーだいま」

「あん？　なんだおまえ、帰る道覚えてたのか。伝書鳩にでも転職したらどうだ」

「伝書鳩の給料がよければ考えるよ。それはそうと、聞いてたよりも元気そうじゃん」

久しぶりに見る親父の顔に、若干の懐かしさと嬉しさを覚えた自分の心に驚きつつも、俺はへらへらと笑いながら以前定位置としていた椅子に腰を掛けた。親父はそんな俺の弛んだ顔を見て、肺の空気をたっぷりと全て吐き出したのではないかと思うほどの大きなため息を吐く。

「ばかやろう、お医者さんに当分立ち仕事はやるなって言われてんだ。このままだと廃業だよ、廃業」

「え、それ、まじ？」

「こんな景気の悪い嘘、誰が好き好んで吐くかってんだ。そんなことよりも、おまえはどうなんだ。仕事はうまくやってんのか？　彼女の一人や二人でもできたのか？」

「仕事はぼちぼち。いつも呪詛《じゅそ》を垂れ流しながら働いてるよ。彼女は、そうだな、これは話すと長くなるんだけど――」

「お兄ちゃんは彼女いないでしょ、ずっと」

我が家の素朴な雰囲気にミスマッチしているお洒落なデザインチェアにふんぞり返るようにして座っている楓が突如口を挟み、砂糖菓子のように甘く脆い兄のハートを不用意に傷付ける。楓の座るデザインチェアは、スポーティーなデザイン性に加え、倒れるだけで腹筋を鍛えられると一時期話題になった代物だ。

「もしかして、まだあの人のこと引き摺ってるとか？」

「んなわけあるか、もう完全に忘れたよ、忘れた」

「へぇ」

にやにやとほくそ笑みながら、錆びついたチェアをギシギシと鳴らす実の妹。鬼畜染みた雰囲気に、俺の心は静かに回れ右をする。

「俺、もう帰る」

「あんたの家はここでしょ。ほら、晩御飯の準備するから手伝いなさい」

「お兄ちゃん、料理ができる男子はモテるよ」

妹の甘言《かんげん》に騙され母の手伝いをするも、俺のあまりの自炊性能の低さに母は呆れ、妹は俺から包丁を取り上げた。親父は「男子厨房に入らず、そして関わりもせず、ただ忍ぶのみ」を実践している古めかしい男子であるため、台所から俺が蹴り出される様をただ見守っていた。

＊

「俺はもう寝るわ」

「はい、おやすみ」

「お父さんおやすみー」

「ん、おやすみー」

いつぶりかわからないほどの一家団欒《いっかだんらん》を終え、過労の父は早めに床へと向かった。やはり無理をしているのだろうか。好物の日本酒を今日はあまり飲んでおらず、去っていく背中は以前見た時より幾分か頼りなく見えた。

「あたしももう寝ようかな。明日一限だし」

楓はそう言うと、肩まで伸びた明るい茶髪をなびかせながらリビングから出ていった。少し前までは部活の時に邪魔という理由で、もっと短かったはずなのに。

残されたのは俺と母のみ。どちらも口を開こうとはせず、中古で買った有機ELテレビから流れる芸能人の慎みのない笑い声だけが、リビングの空気を震わせている。

「俺さ、今の仕事辞めて、そば屋継いだほうがいいのかな」

騒がしい沈黙に耐えかね、俺は心の奥底で気にしていたことをうっかり口外へと漏らしてしまった。その言葉を聞いた母は目を見開き、明らかに驚いた様子を見せる。目尻の皺の数が、母の苦労の多さと重ねてきた年月を雄弁に語っている。母は断固認めないだろうが、そろそろおばあちゃんと呼ぶ人が現れてもおかしくはないだろう。

かつての母は、当たり前だがもっと若々しかったのだ。幼稚園に迎えに来てくれた母はミニスカートに厚底ブーツを纏い、長く伸ばした茶髪の隙間からは、丁寧に整えられた細い眉と浅黒い肌が輝いて見えていた。

あれも、もう二十年以上前の記憶になる。

「馬鹿言ってんじゃないよ。あんた、昔から屁理屈こねるのは上手いけど、そばこねるのはからっきしでしょ」

「いや、でもさ……」

「変な気を使うんじゃないよ。ずっとゲーム作りたかったんでしょ。最後までやりきりなさい」

「……そうだったっけか」

母らしい叱咤激励を受け、少し縮こまる。そういえば、俺はゲーム作りがしたくて今の会社を選んだんだよな。そのはずなのに、日々漏れるのは仕事への不満。

「私ももう寝るから、あんたも寝るならちゃんと部屋で寝なさいね」

「あいよ」

その後、俺はリビングで一人、親父が残した日本酒を舐めていた。そこそこ上等な酒のはずなのに酔うことができない。

思えば最近、仕事後の独り晩酌も開催していない。月曜日がいないと金曜日に飲む酒がどうにも味気なく感じるのだ。少彦名神を祀ったあの神棚も、今では不敬にも埃を被っている。

酔えぬ頭の中で駆け回るのは、数々の輝かしき思い出と今の自分の境遇。そのふたつが重なり合おうとしては上手く重ならず、頭の中をモザイク画のように不鮮明にしていく。

いかん、酔わぬ酔わぬと言ううちに飲みすぎたか。

水でも飲もうと立ち上がるとがちゃりと扉の開く音がし、ちょうど飲み物を取りに来た楓と目が合った。

「お兄ちゃん、まだ起きてたの？　明日休みだからってあんまり夜更かししたらダメだよ」

「いや、明日は土曜日だけど仕事だ」

「あ、そうか。そういえば、そうだね」

気まずい空気が流れる中、楓は冷蔵庫を開けて炭酸水を取り出した。勢いよく噴き出した二酸化炭素がプシュッという爽やかな音を響かせ、静かなリビングが小さく波打つ。

「楓、炭酸苦手だったろ。背伸びすんなよ」

「炭酸飲んで背伸びって、あたしもうハタチだよ。それに、もう飲み慣れちゃったから」

言って、楓は炭酸水を喉に流し込んだ。その横顔は、少女と呼ぶにはいくらか大人びすぎている。

楓は小さい頃から炭酸が苦手だった。家族でファミリーレストランに行った時、ドリンクバーで炭酸飲料を混ぜて遊ぶ俺を横目に、黙々とオレンジジュースをコップに注いでいたのをよく覚えている。「お兄ちゃん、よくそんなからいの飲めるね」と笑う顔は、今では思い出の中だけのものだ。

あの頃から、もう何年経った。

「なあ、楓」

「なに？」

「振袖、どれにするか決めたのか」

「……ああ、成人式。ううん、家がこんな状況だし。それにあれ、お金かかるからいいよ」

「それくらい俺が出すよ」

「え、ホント？」

「たまにはお兄ちゃんぽいこともするさ」

「うーん、でも、やっぱいいや」

「なんでだ？　お兄ちゃんにドーンと任せときなさいって」

右の拳で胸を叩く。慣れていない所作のため、傍から見ればなんとも頼りない絵面だろう。だが、いくら屑鉄の端役でも妹にくらい頼られたいというのが兄心である。

「うんとね、来年、成人式がちゃんと行われるか、わからないんだ。やらないことはないんだろうけど。もしかしたらすごく小規模で、会場も日付も分散してやるかもしれないって」

「え、なんで?」

「成人式って毎年月曜日にやってたでしょ。わざわざ祝日まで用意して。それがね、月曜日が消えちゃったせいで会場の都合がつかなそうなんだって。お母さんが市役所勤めの友達に訊いたらしいんだけど」

　楓は炭酸水を冷蔵庫に戻しつつ「ていうか、成人式の存在すら忘れかけてたよ」とわざとらしく笑った。

「なんだよ、それ……」

「こっちの台詞。だから、あんま気にしなくていいよ。いつやるかわかんないんじゃ、予約もまともにできないし。友達と別日になったら、なんか振袖着てっても楽しくないし」

「そうか……」

「そういうこと。いいから、早く寝なよ。明日仕事なんでしょ」

「……おう」

　楓は肩まで伸びた髪をまたしても綺麗になびかせ、廊下へと続く扉の前に立った。

こちらを振り向きもせず、哀し気な声で呟く。

「誰が、月曜日を殺しちゃったんだろうね」

後ろ手に閉められたリビングと廊下を隔てる扉はかちゃりと小さな音を立て、すぐにまた押し黙った。

リビングには腹立たしいほどの静寂が満ちていく。

なんだ、あいつ。大人ぶりやがって、まだ年端もゆかぬ大学生ではないか。なんでそんなあいつが、サラリーマンの憂鬱が巻き起こした事件の煮え湯を飲まねばならんのだ。そんな馬鹿なことがあってたまるか。そんな馬鹿なことがあって、たまるか！

妹はいつからかヒールを好んで履くようになった。「歩きづらいだろう」と笑ったら「背伸びしたいの」と笑って返された。あの時の楓の表情はどこまでも純粋な少女のままに見えた。その妹がついに成人するのだ。背伸びをさせてやりたいじゃないか！綺麗な振袖を着て、離れてからたいして年月《としつき》の経っていない旧友と昔話に花を咲かせ、初恋の人に再会し、楽しくもちょっぴり切ないお酒を飲む。そんな時間を作ってやりたいではないか！

それなのに、俺は——。

なにもできないことを自覚している俺は、自室のベッドにごろんと寝転がった。見上げた天井は、学生の時よりも近くに見える。これが俺という人間の限界だというのか。

＊

腹が立ち顔を背けると、壁には四年前のカレンダーが掛けられたままであった。四年前のカレンダーだというのに、こちらもご丁寧に月曜日が消えている。神というのはその万能さに似合わず神経質らしい。久しぶりに憎きあいつの顔が拝めると思ったのに。

「どこいっちまったんだよ、本当に」

あの頃は「なにか起きないかな」と受動的な冒険を望む傍らで、大人になれば、なにか起きずとも毎日が少しだけ輝きだすんじゃないかと期待していた。

アニメとか漫画とかゲームとか、そういったいわゆる「子ども染みた趣味」もいつの間にか卒業して、恋人も自動的にできて、好きなことを仕事にし、それで給料がもらえ、同僚と上司の愚痴で盛り上がり、酒を飲んで眠る。

そんなたいして画面映えもせず、面白みにも欠ける、最高の毎日が送れると思っていたんだ。

そして現にそれは送れているはずなんだ。なのに、どうして俺はいつも「つまらない」だの「退屈だ」だの抜かしていたのだろう。半年前の俺に会ったら、引っ叩いて説教のひとつでもしてやりたいところだ。

いずれ本当に全ての曜日が消えたとして、俺たちの日々は、人生は、どうなるのだろう。続くのだろうか、消えるのだろうか。それこそ、神のみぞ知る話だ。

一向にお迎えに来ない睡魔にしびれを切らし、俺は押し入れを開けて「アルバムやらなんやら」と書かれた段ボール箱を引き摺り出した。

その中に入っていた高校の卒業アルバムを開くと、阿呆どもと過ごした哀色の日々が走馬灯のように蘇ってくる。

卒業文集には「将来の夢、余裕のある大人」と書いてあり、内容は支離滅裂であった。なぜこんなくだらないものを題材としたかは、今となっては覚えていない。たぶんあいつらと侃々諤々《かんかんがくがく》の議論を交わした末、飽きて適当に決めたのだろう。

お粗末な作文は、「二兎を追って、あわよくば二兎を得たい」と締めくくられている。

せめて、もう少しわかりやすく前向きな言葉を選んでくれれば、今後の人生の参考になったかもしれないのに。やはり、高校時代の俺は気が利かない。

「このまま終わったほうが人類にとって益だとすら思える……」

大きなため息を吐いてアルバムを戻す。すると、箱の底には、一枚のメモ用紙となにか光る輪のようなものがうずくまっていた。

壊れないようにそっと摘まみ上げたそれは、銀製のリングに赤色の糸を巻きつけて作られた不格好なブレスレット。リングの裏側には、掠れることを知らないような力強い黒のインクで〈0052〉と記されている。

「これ、あの時の――」

そのブレスレットは、紛れもなく彼女からもらったものだった。

＊

大学三年生の秋。九月末の学祭も終わり、少し落ち着きを取り戻した学生棟の中、いつもの教室に俺はいた。

「本当に大丈夫か？」

「平気だって、ナカガキくん心配しすぎ」

「いやしかし、この前だって」

「しつこいっ」

ばちんと力強く俺の背中を叩いて、彼女は「ほら、散った散った」と気丈な笑顔で俺をあしらう。背中にひりひりと残る彼女の不安を感じながら、俺は教室の一番後ろの席に座った。

「えー、みなさん。本日はお集まりいただき、ありがとうございます」

彼女の挨拶を受けて、小さな教室を埋め尽くす学生たちは、ぱちぱちと薄く手を叩いた。彼らの体温のせいで、室内は少しだけ暑い。

浮ついた拍手を受けた彼女は「どーもどーも」と愛想よく会釈してから、自分が所属する宗教組織について、そして、これから行う〈神降ろし〉について熱心に説明をした。学生たちは聞いているのかいないのか、ただ緩慢に首を縦に動かすばかりで、俺は無性に苛立ってくる。

「それでは、実際に降ろします」

重りのついたような唇を動かし、彼女は綺麗な茶色の目を閉じる。教団の前で襟を正す彼女の肌を、幾人もの学生が好奇の目で刺している。「やめろ、そんな目で彼女を見るな」と叫びたくなる気持ちは声に出せず、俺はただ、教室の一番後ろの席から、もう何度も見た彼女の神降ろしを見守っていた。

すぅっと高く上げた右腕がゆっくりと半月を描く。開かれた両目はいつの間にか色を違え、左目は茶色いまま、右目だけが生気のない月白色に染まっていく。

「うわっ……」

最前列に座っている男子学生が呻く。静かだった教室が、わずかに波打つ。「なにあれ、コンタクト?」「なんかチープ」「嘘くせぇー」と、教室内を刺々しい雑音が飛び回る。

「日の光に次ぐ輝き放つ、月の神――」

なにも聞こえていないように、彼女は口上を述べる。

俺は所在なく、右足の踵で床を打つ。

「あおぅなはらのしほのやほへ……」

口上ののち、彼女は限りなく日本語に近い、けれど理解が及ばぬ言語で詩を読み、優雅に舞いはじめた。

「しほのぉしらすべ――」

舞は徐々に激しさを増し、狂気を帯びていく。だんっだんっ、だんっだんっと、彼女が床を踏み鳴らす音が空気を叩く。

長く、綺麗な茶髪が左右に揺れる。彼女が嗚咽にも似た声を上げたところで、誰かがぽつり、「きもちわるい」と言った。

「ひぃ、ならん、で……」

水溜りに石を投げ込んだようなその声は、教室の一番後ろにいる俺にも届いていて、もちろん、彼女にも聞こえていた。

激しかった舞は、静かにやんだ。

「もう行こうぜ。気味がわりぃよ」

ざわざわと気味の悪い音を残して、学生たちは去っていく。ひとつ、またひとつと、教室内に空席が増えて、気がつけば、教壇の前にいる彼女を見ているのは、俺だけになっていた。

人の減った教室の空気はぞっとするほど冷たく、垂れ込める夕日だけがじっとりと暑い。教壇の前でうなだれる彼女を執拗に照らし上げるその夕日は、いつか彼女を燃やしてしまいそうに思えた。

「やっぱりまた、みんなどこか行っちゃった」と、彼女は呟く。

「そうだな」

「ナカガキくんは、今日もいなくならないんだね」

しんと静まり返った室内。わずかに開いた窓からは風の音も聞こえず、ただふたりの声だけがぼとぼとと床を叩くばかり。

けれど悲しいことに、この光景はとりわけめずらしいものではない。

「どうして？」

「フットワークが重いんだ、俺は」

「……なにそれ」

弱弱しく笑った中里さんは教壇を離れ、俺の隣の席に腰かけた。その顔は神降ろしをしていた時の彼女とは別人のように柔らかで、月明かりのように美しい。いつも早業《はやわざ》で装着していると思われる右目のコンタクトレンズもいつのまにか取り外され、彼女の瞳は生気のない月の色から、彼女自身の茶色を取り戻している。

最近の彼女の神降ろしは、出逢った当初よりもだいぶ精彩を欠いていた。演出用のコンタクトレンズを装着する速度も落ちている。それでも、その霊験は周囲の人間を引きつらせるには充分なほどあらたかで、言ってしまえば、薄気味悪いものだった。

「何度も言ってるけど、嫌な思いをするくらいなら、やらなければいいのに」

「でもやらないと、お母さんも周りも文句ばかり言うから」

「宗教上のなんちゃらってやつか」

「まあ、そんな感じ。それに、あたしにしかできないことだし」

「たいした心意気だな」

「まあ、わたしのためにもね」

ぐっと伸びをした彼女は、白磁色の天井に細い息を吐きかけるようにして、ぽつりと漏らす。

「でも、こんな世界ちょっとくらい壊れちゃえばいいのよ」

その声色は二十歳そこそこの女の子のものにしてはあまりにも白茶《しらちゃ》けていて、俺は思わず彼女の顔を覗き込んだ。だけど、そこにいるのは、疑いようもないただの女子大生である、彼女自身。

「ねえ、知ってる？」

俺の視線に気付いた彼女は不意に破顔し、わざとらしいほどに明るい声色で俺に問う。

「一年のうち、何回月曜日が来るか」

「いや……知らんな」

「この教室と同じ。五十二回なんだよ」

彼女はドア枠に掛けられた「Ｅ００５２教室」のルームプレートを指さして言う。

「五十二回、新しい一週間がはじまる。月曜日はそれをお知らせする役割なだけなのに、なんでみんな嫌うんだろう」

「誰かのせいにしたいんだろ、みんな」

「あたしは月曜日のこと、結構好きなんだけどな」

彼女は髪をかき上げ、ぽつぽつと語った。

「どれだけ嫌われてもめげない頑張り屋さんだし。金曜日の楽しさを教えてくれるし。日曜日の寂しさも伝えてくれる。たまの祝日の嬉しさも、あの子の普段の頑張りのおかげ。週明けに好きな人に会う喜びを教えてくれたのも、あの子なのに」

「そうは、思わない？」彼女は、悲しそうに微笑みかけてくる。

けれど、それはどうしてか彼女自身のことを語っているように思え、俺はとっさには言葉を返せなかった。

「ナカガキくんはさ、月曜日のことをどう思ってる？」

真正面から見据えた彼女の顔はとても儚げで、だから俺は舌先に乗せていた言葉をぐっと飲み込み、告げるつもりのなかった言葉を吐きだした。

「なんだ、その……好き、だよ」

真一文字に閉じられていた彼女の唇がわずかに綻ぶ。「そっか」と吐き出した淡《あわ》い桃色の唇は、突として端がぐっと持ち上がる。

「それじゃあ、これ受け取ってくれる？」

いつもの意地悪な顔をした彼女は、そう言ってトートバッグからごそごそとなにかを取り出した。赤色の糸が巻かれた不格好な銀製のリングは、普段押し売ってくる品より質が悪そうに見えた。

「……いや、要らない」

「それ、わたしが愛情込めて作ったんだ。世界にひとつしかないの」

「いただこう」

「まいどあり。ちょっと待ってね」

彼女は黒の油性ペンを取り出すと、キュキュッと小気味のいい音でペン先を走らせた。俺は自分の純真なハートを叱咤しながらも、彼女の手作りであるというルナティックブレスレットを締まりのない瞳で見つめていた。

「ナカガキくんさ、将来騙されないように気をつけてね」

「君がそれを言うか」

「あはは！」

大笑しながら、リングを軽く振って乾かす彼女。

いつもと変わらぬ、教室のにおい。

「ナカガキくんってさ、ヒーローとか、主人公にはなれなそうだよね。変にお人好しだし、ひねくれてるし、ちょろいし、よくわからないこと言うし——。はい、お待たせ」

「ひどい言い草だな……」

彼女の差し出したブレスレットを受け取る。俺はそれを腕にはめることなく、しばし見つめていた。リングの裏の〈００５２〉という数字が、なぜだか一瞬、青白く見えたのだ。

俺が目を細めていると、彼女は扉に向かって歩きはじめていた。

「ああ、ちょっと待て。お代に油淋鶏定食でも奢ろう」

「ううん、いい」と、伏し目がちで彼女は言う。

「それよりも、それは御守りだから、なくしちゃダメだよ」

「御守り、か。ならば、いつか返しに行かないとな」

俺がそう言うと、彼女は「うん」と表情を崩した。

「ねえ、ナカガキくん」

不意に響く、湖面を揺らすような彼女の声に、俺はすっと息を呑む。

「そろそろ、火曜日も終わっちゃうね」

透きとおった綺麗な声。俺は、「そうだね」と返すことができなかった。

「次は水曜日、木曜日、一週間なんてあっという間だよ」

扉にもたれかかった彼女がカレンダーを指さす。窓から射し込む夕陽に、七つの曜日が燃え尽きてしまいそうなほど強く照らされている。

「ねえ、ナカガキくん」

薄く開いた窓から迷い込んだ風に、彼女の柔い髪の毛がふわりと揺れる。

「昨日の約束、覚えてる？」

その髪の毛から覗く彼女の顔はたしかに、寂しさに濡れていた。

＊

なぜ俺は忘れていたのだろう。火曜日の午後に見た、あの寂し気な表情を。今日だって、彼女は似たような表情をしていたじゃないか。あんな寂しい笑顔が彼女にまつわる最後の思い出になるというのか？

いや違う、それはまったくの見当はずれだ。

これすらも消えるのだ。

まるで元からなかったかのように消えて、俺は忘れたことすら忘れて生きていくのだ。彼女と交わした約束も、たった一度の楓の成人式も、俺のこの情けない半生すらも。

「終わるのか、このまま」

そう思った途端、人生のエンドロールのようなものが脳裏に流れた。情熱的なBGMなどはなく、一番目に流れてくる主人公の欄は空白で、無論そのあとに続くヒロインの欄にも、誰の名前もない。

けれど俺は文句を言える立場ではない。己の無力さにまざまざと敗北した人間のエンドロールなぞ、こんなものだろう。

しかたがない。しかたがないのだ。

俺はブレスレットを握ったまま、同じく封印されていたメモ用紙を摘まみ上げた。汚く折り畳まれたメモ用紙の表面には「前途有望な若者、ここに記す」と刻まれており、どうやら俺が大学生の時に苦し紛れに書いたものらしかった。

そのためか、いかにも哀らしいにおいを漂わせている。

どうせ今の俺は前途も暗い、みっともない人間だ。であるならば、ここでセピア色の思い出に喉を裂かれ、潔く人生に絶望するのも悪くない。月曜日を取り戻し、人生を挽回するなど、負け戦しか知らぬ俺には到底でき得ぬことだ。

なんともしょぼくれた物語であった。

脳裏に流れ続けるエンドロールの最後を飾ろうと、俺はメモ用紙をはらりと開く。

「んな――ッ」

メモ用紙に勢い任せに書かれた内容を見た瞬間、俺は目を覆って宙を仰ぎ、声を上げて笑った。その声の大きさはまさに大笑と表するにほかなく、俺は深夜にもかかわらず元気よく笑う自分を見つめて、さらに笑った。

陽気な声に、陰鬱なエンドロールもぴたりと止まる。

「よくもまあ……今まで騙せていたものだ」

彼女との仲を楓に相談したあの日、直截《ちょくさい》に「完全敗北」を突きつけられたあの日に、この気持ちの悪い決意が生まれたのだろう。

俺はもう一度、メモ用紙に視線を垂らす。

『これは断じて敗北ではない。ハッピーエンドへの伏線である』

俺は自分のねちっこさに再び笑った。そうだ、自分はこんな人間だったではないか。今までに手にしたセピア色の青春を大事に抱え、どうにかしてもう一度青く染めようと奮闘していた男だったではないか。

社会に揉まれたからなんだ。現実を知ったからなんだ。だらしないこと、このうえない。

メモの端には『約束を忘れるな』とも殴り書かれていた。もちろんその内容は記されておらず、やはり、大学時代の俺も気が利かないことが容易に見て取れた。

「こんなエンドロールでいいわけがない」

そう、鬱屈とした最後なんて流行らない。監督の精神的迷走も甚だしい。

今一度思い出せ。自分を騙すのはもうやめだ。俺はまだ敗北などしていない。一般的に見て「敗北」なのだとしても、俺はそれを断じて認めない。仮に、百歩譲って認めたとしても、俺はまた立ち上がるに違いない。一度転んだくらいで再起が許されない世の中だと言うのなら、世間のダルマや起き上がり小法師《こぼし》が霞が関辺りで盛大な抗議を行うだろう。

そう、いわばこれはラブロマンス的別離。彼女と俺が迎える大団円までのほんのわずかな助走期間にすぎない。もし彼女が「もう彼奴《きゃつ》は追っては来ないだろう」とゴールテープの手前でのんべんだらりと胡坐をかいているのならば、俺は後ろから真っ赤な高級外車で颯爽と追い抜いてやる。しからば、エンドロールの一番目を飾る人物は自ずと決まるだろう。

おそらく彼女は根本的に見誤っていたのだ、俺という人間の器を。

お人好しだと？

――断る勇気がないだけだ。

ちょろいだと？

――純真なだけだ。

主人公にはなれないだと？

「抜かすじゃないか、中里さん」

我が人生が退廃的なものであった、ということは認めよう。

しかし、だからといって、これから先も退廃的であるという推論は誤りである。怠惰さに満たされていた器を、流れる汗と涙で磨いてみれば、実はそれが坂本龍馬的器だったという可能性だってあろうものだ。

今まで自分の世界に引きこもり続け、人生が窒息寸前だったおまえがなにを言うか、という批判も往々にしてあるだろう。だが、それすらも見当外れ甚だしい。

元来主人公とは、ピンチの時にこそ遅れてやってくるものなのだ。

そして、必ずヒロインとアバンチュールを繰り広げる。そういう俗物的存在なのだ。

ならば、俗物根性が服を着て歩くこの俺にできぬ道理はない。

「俺が、今まで何人の主人公を見てきたと思っているんだ」

細く頼りない上腕二頭筋を唸らせ、タンスの奥にしまわれていた一番重い段ボール箱の中身をひっくり返した。床を埋めたのは、かつて俺に「主人公とはかくあるべし」と教示してくれた紙や電子の物語たち。俺はそれらの前にででんと力強く胡坐をかき、深く息を吸ってから、力強く吐き出した。

心の底に溜まった、だらしなく辛気臭い澱《おり》を吹き飛ばし、俺はすっくと立ち上がる。

大切な妹を泣かせてしまうくらいなら、
情けない半生で終わらせてしまうくらいなら、
君との約束を忘れてしまうくらいなら、
俺は、かつて憎んだ月曜日を救う主人公にだって立候補しよう。

「なってみせるさ」

勢い任せに開いたカーテンの向こうでは、新世界誕生を思わせるほど鮮やかな朝日が地平線を燃やしていた。

鮮烈な光を受け、世界にひとつしかないブレスレットが、俺の左手で輝く。
我ながら未練がましいとも思う。妖怪後ろ髪引かれと揶揄されるかもしれない。
されどもう、否定はすまい。
俺は今でも、彼女に惚れているのだ。

第五章　天文学的熱意の躍動

　鼻息荒く決意はしたが、もし彼女に振られでもしたら俺はきっとわんわん泣くだろう。もしかすると、俺の涙で東京湾の塩分濃度が下がって、海水魚が死滅するかもしれない。江戸前寿司の存続のためにも、彼女には是が非でも俺に振り向いてもらわなければならない。

　しかし、そもそも月曜日を取り戻すという行為自体が高難度すぎる。俺一人では、きっと途中で手首を挫《くじ》くなどして、即刻舞台から退場するはめになるだろう。

　供給の安定しない自給自足のやる気に辟易しつつ職場に着くと、片岡が過労死寸前といった様相でキーボードを叩いていた。頭に乗せたパステルブルーのヘッドフォンから、強制労働用の催眠音声でも流れているのではないか、と疑う人がいてもおかしくはない。

「あはん、先輩じゃあないですか。お父上は大丈夫でしたか?」

「親父は大丈夫だったが……。おまえは、その……控えめに言って異常だな……」

「あらひどい。なんのこれしき、ところがどっこいですよ」

「率直に異常だ……」

「片岡さん、土日も働いてておかしくなっちゃったんですよ」と、天真爛漫ガールの定本さんがひょこっと顔を出す。

お風呂場に繁殖する黴《かび》みたいな顔色をした片岡は「あ、先輩が休んだせいじゃないですよ。先輩の仕事には手をつけてませんから」と不気味に破顔した。

「もちろん、自分の仕事は自分でやるよ」

「ぼくの仕事には自由に手をつけてくれていいですからね。テイクフリーです」

瞼が破裂せんばかりのウインクを飛ばしてきた哀れな後輩は、「んふっんふっ」と笑いながらオフィスチェアをぐるぐると回転させて遊びだした。

どこからどう見ても狂気である。

「月曜日が戻ってくれれば、週末もしっかり休めるのにな」

「……ゲツヨウビ？　なんの話です？」

ぽつりと漏らした俺の言葉に食いついてきた片岡が、回転しながら小首を傾げる。

「月曜日だよ、月曜日。おまえ、もしかして月曜日があったことすら忘れちまったとかいうんじゃないだろうな」

ぽかんとした顔はゆっくりと速度を失い、そのまま停止した。

「さだもっちゃん、知ってます？」

「わたしも、蘊蓄とか雑学には疎くてですね……」

　ふたりの発言に、俺は月曜日がカレンダーから消えた時以上の寒気を覚えた。目の前にいる同僚らは唸りながら「漫画のキャラとかですかね？」と眉をひそめている。

「ほ、ほら、日曜日と火曜日の間にもうひとつ曜日があったろう。覚えてないか？」

「やだなあ先輩、一週間はもともと六日で――。ああでも、そう言われれば、たしかにそんな気がしてきましたね」

「わたしも、言われるまですっかり忘れてました」

「この生活に馴染んできちゃったんすかねー」

「ねー」

　目の前の彼らは、まるで月曜日が消えたことなどさして大事でもないように、厚みのない声で笑う。その薄っぺらい声は俺の心に張り詰めているいくらかの緊張感をも弛緩させるようで、俺は思わずオフィスの外へと駆けだした。

「ちょっ、先輩！　どこいくんすか！　話したいことがあったのに！」

　時間はもう、あまりないようだった。

職場近くの本屋には、ありとあらゆるジャンルの雑誌が並んでいる。ほんの一か月前までは「月曜日」の文字がその多くの表紙を飾っていたというのに、今では「月」の一字すら窺えない。

＊

月曜日のない世界に慣れるにつれ、人々は故・月曜日氏のことを意識しなくなっていくだろう。それに比例するように月曜日にまつわる記憶も消え、最終的には人々の集団意識から月曜日という概念すら失われる。その時、月曜日はこの世界から本当の意味で消失するのだ。

「どうすりゃいいんだよ……」

俺はメールで虚偽の体調不良を申告し、午前休を取ることにした。さすがにこの精神状態で、愉快にキーボードを叩くなんてできやしない。

呆然と虚空とにらめっこしながら本屋を抜け出し、職場の人間がいてもおかしくはない大崎駅付近のカフェでアイスコーヒーを啜っていると、スマホのＬＥＤが緑色に明滅した。

『先輩、つらい時は誰かに頼るのも吉ですっ』

インターネットサーバーを経由してもなお滲まない定本さんの天真爛漫さに感心しながら、俺はその「誰か」とは誰かを思案した。しかし、脳裏のランウェイに現れるのは灰汁の強い阿呆面ばかりで、俺は彼らに頼らざるを得ないつらさに打ちのめされ、目頭を押さえた。

「過去に戻る機会があったら、まっさきに友人の作り方を俺に教えてやろう」

自身の人望と人脈のなさに観念しつつ、梅雨明け以来連絡を取っていなかった野郎どもにメッセージを送りつけた。

『おまえら、月曜日を覚えているか』

数秒もしないうちに、再び緑色の光が瞬く。

真っ先に返信をくれたのは、そのマメさで恋人を射止めたカイワレであった。

『今ナカガキに言われるまで忘れてたよー。変だねえ』

『やはり、予想どおりの展開になってきたな……』

『スマホで本を読んでると通知に邪魔されて腹が立つな。なあ、ナカガキ』

『ダザイ、おまえはどうだ』

『ぼくは忘れてなかったぞ。個人差があるんじゃないか？』

『なるほどな』

『え、なんで社会人のみなさまが、こんな時間からチャットなんかに勤しんでるんすか』
『サンボ、今はほとんどの社会人が昼休みの時間だぞ。時計の読み方を忘れたのか？』
『ホテルマンこっわ』
『突然で悪いが、月曜日が死んだ件について解決の糸口を見つけたい』
『は？』
『糸口かあ』
『みんなが月曜日の存在自体を忘れはじめている。もう時間がないんだ』
『お、なんだ？　ずいぶんロックンロールなトークテーマじゃねえか』
『失恋飛行士も来たな』
『失恋飛行士ってなんだ、おい』
『今回は集まる必要はない。ただ、意見がほしい』
『意見て言われてもなあ。ボクは今のところないかなあ』
『それを今からひり出すんだろうが！　なんのための筋肉だ！』
『ぼくも本を読むのに忙しいから、できれば遠慮したいんだけど』
『書を捨てろダザイ！　インにプットばかりしてないで、アウトにもプットしろよ！』
『ロック、主導権を奪わないでくれ……』
その後、みなで侃々諤々と議論を交わしはすれど、阿呆ばかりだからかなかなかよい案が出ない。やはり俺たちでは力不足だと言うのか。

なにもひり出せずに午後の始業時間を迎えようとしたその時、茶々を入れるばかりで議論に参加していなかったサンボが、とあるＵＲＬを提示してきた。

『ほらよ。https://eco.mtk.nao.ac.jp/koyomi/』

『なんだこれは。卑猥なサイトのリンクか』

『いや、フィッシング詐欺のＵＲＬだろう』

『貴様、エロ同人で稼いでるくせに、俺たちの純情すら弄《もてあそ》ぶのか』

『情弱乙。国立天文台暦計算室も知らんの？』

『国立天文台？』

『それにオレが描いているのはエロなしだ、たわけが』

『天文台がなんだってんだ？』

『エロなし、なのか？』

『ここには無能しかおらんのか？　暦のことなら専門家に訊けばいいだろ』

『ロック、今エロは関係ないんだ』

『たしかにそうかもねえ。専門家に訊くのが一番早いね』

『エロなしも需要あるんだよ、意外となー』

『五人寄ってようやく文殊《もんじゅ》の知恵だな』

『エロなしか。それもまたロックンロールかもな』

『でも、その専門家たちでもわからないから、こうして騒ぎになってるんだろ？』

『よし、行くぞ。国立天文台』

『褒めてくれるのは嬉しいが、おまえのロックンロールがオレにはもうわからん』

『ナカガキ、なに言ってんだ』

『え？　本気？』

『行くんだよ、国立天文台に』

『は？』

『いつ行くの？　非番の日じゃないと無理かなあ』

『週末なら行けるぜ！』

『行ってどうすんだ』

『え、これまじで行く流れ？』

『知るか！　阿呆のくせにそんなことを気にするな！』

『阿呆だって脈絡は気にするだろうが』

『今週土曜。品川駅中央改札前に集合。時間は追って連絡する。解散！』

なにやらギャーギャーと喚く声がポップアップ通知から漏れだしてきたが、俺はそれを無視して職場へと向かった。小気味よく明滅するスマホの画面をちらっと見ると、ちょうどロックからの通知が映しだされている最中であった。

『ナカガキ、おまえロックンロールだよ』

＊

時刻は午前八時半。有休使用日に早起きをすることが、こんなにもつらいとは思わなかった。けれど、朝の清々しい空気で肺を満たすのはなかなか悪くない。気がつけばすでに十月も中盤戦、夏の匂いが抜けかかっている空気が品川駅構内にも流れ込んできていた。

若干涼しい駅の中央改札前には、不機嫌な顔をしたアラサー男子たちがたむろしている。無垢《むく》な小学生でも通りかかろうもんなら、まず間違いなく、この陰鬱とした光景を見た瞬間に泣きだし、地域密着型ヤンキーが通りかかろうもんなら、十中八九《じゅっちゅうはっく》、喧嘩を特売価格で売ってくれるだろう。

「なあ、ほんとに行くのか？　このまま水族館にでも行って帰ろうぜ」

真っ先に泣き言を漏らしたのは、国立天文台暦計算室の情報を提供してくれたサンボである。薄着に手ぶらというその恰好《かっこう》からは「絶対に遠出はしない」という鉄の意志を感じないこともない。

「ぼくら五人で水族館に行くつもりか？　水槽の中の魚たちが泣きだすぞ」

電子書籍端末を片手にサンボの泣き言を易々と斬り捨てたダザイは、空気が乾燥しはじめたおかげか、自前のパーマが少し落ち着きを取り戻している。

「いーからよお、早く行こうぜ。天文台がおれらを待ってる！　なあ、カイワレ！」

「ふぁぅ……うん、そだね」

その後ろでやたらと張り切っている平熱高めなロックと、対照的に欠伸を浮かべて眠そうにしているカイワレ。俺はお供たちの頼りなさを改めて確認してから、「ほな、行きますか」と改札を抜けた。

京王線調布駅に着くと、北口から武蔵小金井駅行きのバスに乗り込んだ。旧甲州街道から天文台通りを走り、味の素スタジアムを掠《かす》め、「天文台前」といういかにも乗客に優しい名前の停留所で下車する。

停留所の名が示すとおり、目と鼻の先にででんと待ち構えているのが国立天文台三鷹キャンパスである。「こんな都会の片隅で星など見えるのだろうか」と愚にもつかないことを考えていると、守衛所のおじさんに「当日見学はこちらですよ」と手招きされた。見学の手続きを済ませ、青と白のコントラストがかっこいい見学者用シールを胸に着ける。

「なんか騒がしいな」

正面入り口をそのまま進み、中央棟の前まで来ると、俺はある異変に気がついた。異変といってもここは初めて来る場所なので、もしかしたらこれが常《つね》なのかもしれないが、この光景が普段から広がっているのだとしたら、国立天文台という場所は相当に恐ろしい場所であると断言できよう。

黒のスーツを身に纏った賢そうな方々が、冬眠中のてんとう虫のように一か所に集まり、敷地内に不気味な黒点を生みだしていた。よく見ると、中央には研究員と思しき女性が一人。知的なてんとう虫たちは、彼女を詰問《きつもん》しているようだ。

「あれ、なんだろうねえ」

「さあな、俺たちには関係ないだろ」

少年の心を忘れないカイワレはフォーマルなてんとう虫たちに興味を示したが、厄介ごとに首は突っ込みたくないので関わらないように促した。こんな真っ昼間から研究員を捕まえて詰問をするような連中だ、ろくでもないに決まっている。

地面にご丁寧に記された「見学コース」の表示に従い、進軍を続ける。敷地内は予想以上に緑に溢れ、野鳥や羽虫が舞っていた。

自慢の天パに紛れ込もうとする羽虫に苛立ちながら、ダザイが不満を漏らす。

「来たのはいいけど、ここからどうするんだ？　策はあるんだろうな、ナカガキ」

「知らん。とりあえず暦計算室を目指すぞ」

「ねえ、それなんだけど……」

受付でもらった見学者用リーフレットを広げたカイワレは、残念そうな面持《おもも》ちでそれを見せてきた。

「――はあ⁉　暦計算室がねえじゃねえか！」

「見学コースにないってことは、関係者以外立ち入り禁止なんじゃないかなあ」

「おい、この中に関係者はいないよな？」

「いる訳ないだろ。阿呆で馬鹿なのか、ナカガキは」

「はっ！　どんだけ情弱なんだよ、こいつら」

「この場所を提案したのはサンボでしょ」

「………」

途方に暮れ、当てもなく敷地内をうろつく五人。哀しげな雰囲気は隠せない。

太陽系ウォークの案内板の前を抜け、約十四億キロメートル進むと、そこには登録有形文化財である天文台歴史館があった。鉄筋コンクリートの二階建てで、巨大な屈折望遠鏡をまるっと納めた木製のドーム部分は、造船技師の助けを借りて造られたものらしい。

その身体は遠い宇宙への恋の炎で焼け焦げたように朽ちていた。

行き場のない俺たちは焦げた歴史館の内部へ続く短い階段を昇り、受付のお姉さんに会釈をしてから天文の世界へ吸い込まれていく。歴史館内部の展示スペースには大きな屈折赤道儀式望遠鏡が鎮座しており、堂堂たる迫力に、無学な俺たちでさえも圧倒された。

　巨大な望遠鏡を囲むようにして並べられた天文関係の展示品を眺めてひとしきり感心した一行は、ベンチに腰を掛け、本来の目的についてようやく話しはじめる。

「てかよ、本当に月曜日は殺されたのかよ。案外、老衰《ろうすい》とかなんじゃねえの」

「あのなぁ、サンボ。曜日が老衰するとか聞いたことねえよ」

「なら、曜日が殺されるってのも聞いたことねえな」

　星が煌めくこの場に不釣り合いなほど暗い会話を繰り広げていると、受付のほうから先ほどの黒スーツ軍団の一味と思しき二名が現れた。

　展示スペースの空気が少しだけ引き締まる。

　一人は、七三分けが慇懃無礼《いんぎんぶれい》な印象を与える、銀ブチ眼鏡のアラサーと思しき男性。もう一人は、黒髪のハーフアップが柔和《にゅうわ》かつ活発な印象を与える黒ブチ眼鏡の二十代前半らしき美女である。

「失礼、ちょっとよろしいですか」と、七三の男が尋ねてくる。

「なんすか」

　明らかにバックに巨大な組織がついている方々を相手に、ロックは無礼の見本となるような返事をいけしゃあしゃあと繰りだしていく。さすがは宇宙をバックにつけた男である。

　不遜な態度のロックをギラリと光る双眸《そうぼう》でにらんだ七三の男は、軽く口元を歪ませる。舌打ちが聞こえてきそうな表情を慇懃な笑みでサッと隠してから、身元を明かした。

「私《わたくし》、内閣府月曜日消失対策委員会の長田《おさだ》と申します」

「同じく、相川《あいかわ》と申します」

　黒スーツの二人は、この前ニュースになっていた政府の新組織の役人であった。名を「月曜日消失対策委員会」と言い、なにを目的としているかは一目でわかるが、結局のところなにをしているのかまったくわからないという、政府お得意のネーミングセンスを遺憾なく発揮している委員会だ。

「うわあ、官僚さんだ」

「んで、その月曜日消失なんたらがおれたちになんの用だ？」

「いえ、あなた方が仰っていた〈月曜日は殺されたのか〉という発言が気になりまして」

「はあ……さいですか」と、ロックは興味なさげに息を吐く。

「月曜日消失事件についてなにか知っていることがあるのではないかと思い、お声をかけさせていただきました」

「なるほどね。つまらん頼みだ」

「政府は現在この事件に手をこまねいています。どうか、お力添えを」

黒ブチ眼鏡の相川さんが頭を下げると、綺麗なハーフアップがコスモスのようにふわりと揺れ、権力という概念に対して一番嫌悪を抱いているはずのサンボの頬に紅《べに》がさした。

「春一番だ……」

「サンボ、今はもう秋だ」

俺の指摘もむなしく、サンボはリンゴのように紅《あか》く染まった頬を水飴みたいに弛緩《しかん》させると、ふらふらと前に躍り出た。その様はまるで集魚灯に照らされたイカのようであり、相川さんは本能的に危険を感じたのかササッと後ずさりをする。

「な、なにか知っていることがあるのではないですか？」

「実はですね――」

「サンボ、ちょろすぎるぞ」

「そうだ。下がれ、この淫猥《いんわい》派オタク」

サンボは「俺は清純派だ」と静かに憤ると、不服そうに元の位置に戻る。ダザイと俺は顔を見合わせて、互いに嫌そうな表情をした。

「先ほどの月曜日が殺された発言の根拠は?」と、気を取り直した長田氏が追撃してくる。

「ないですねえ」

カイワレは無駄にたくましく育った身体を縮こまらせながら答える。「権力に抗うための筋肉ではありません」と、自ら主張しているようだ。

「それを証明するものは?」

長田氏の追撃はやまない。

「ないですね」

ダザイは銀ブチ眼鏡の長田氏に対抗して、自身の銀ブチ眼鏡をくいっと上げる。それに対抗するように長田氏も眼鏡をくいと上げる。どちらが本当の銀ブチ眼鏡使いか、お互い見定めているのだろうか。

「直近で出雲《いずも》に赴くご予定はありますか?」と、サンボの恐怖から解放された相川さんが柔らかな声で訊ねてくる。

「出雲って、出雲大社《いづもおおやしろ》の? 俺はないし、多分こいつらもないっすよ」

「では、宗教団体七曜の会との関わりは?」

「ない! それだけは断じてない!」

「そ、そうですか……」

俺が激しく否定をすると、相川さんはしゅんとしてしまった。サンボが憎悪を込めた瞳で俺を睨んでいるのがわかる。

一方、政府側の銀ブチ眼鏡は阿呆側の銀ブチ眼鏡になにかを感じ取ったのか、レンズの奥から槍のように伸びる鋭い視線で薙ぎ払うかの如く五人全員を一瞥し、こう言い放った。

「あなた方、七曜の会の構成員なのではないですか？」

「はあ⁉　なんでそうなるんだよ！」

一瞬にして頭が怒りで満員御礼となった俺よりも先に声を上げたのは、疑いの目に人一番嫌悪を抱くロックであった。

「なんでおれらが、あんなロックンロールの風上にも置けない情けねえ奴らと一緒にされなきゃいけねえんだ！　曜日じゃなくてロックンロールを崇めろよ！」

「曜日に対して生死の概念を適用する。これは宗教団体七曜の会特有の思考方法であると言えます」

長田氏はメガネをくいっと持ち上げて、詰め寄った。

「なんだその理屈！　それ、エルヴィス・プレスリーの前でも言えんのかよ！」

「ですから――」

ロックの意味のわからない理屈を前に、おそらく国内最高峰の理解力を誇るであろう官僚様たちですら苦悩と苛立ちを顔に滲ませていた。「俺たちが理解できないだけではなかったんだ！」と阿呆たちは安堵する。

ロックンロールの神様でさえ呆れてジャズを聴いて時間を潰すような不毛な論争はその後数分間続き、あまりの不毛さから先に全身の毛を逆立てて痺れを切らしたのは明らかに好き勝手言っていたロックのほうであった。

「あーもう、めんどくせえな！　逃げるぞ、おまえら！」

「え、逃げんの？」

「あ、待ちなさい！」

ロックがその健脚をもって走りだしたため、俺たちもつられて走りだしてしまった。なにも悪いことはしていないはずなのに、逃げるとなると急にうしろめたさが顔を出すのはどうしてだろうか。率直に、疑問である。

＊

敷地内を逃走する無実の罪人である俺たちは、歴史館前の４Ｄ２Ｕドームシアターなる謎の劇場を左に折れ、展示室の前を駆け、丁字路《ていじろ》を左に曲がった。左手にはスクラッチタイルの古めかしい旧図書庫、右手には掘っ立て小屋のような子午儀《しごぎ》資料館があり、少し進むとゴーチェ子午環室《しごかん》という蒲鉾型《かまぼこ》の小屋に着いた。きっとゴーチェさんが偉業を成し遂げた凄い小屋に違いない。

その凄い施設の前で一度立ち止まるアラサー男子たち。ロックとカイワレは普段から身体を鍛えているためたいして息も上がっていなかったが、俺とダザイは肩で息をしていた。万年床生まれ万年床育ちのサンボは、見たこともない息の仕方をしている。陸に引揚《ひきあ》げられた深海魚の真似、と言われれば納得だ。

「ここまで来れば大丈夫だろ」と、俺は額の汗を拭う。

「はあ……しんど……漫画読みてぇ……」

「……なあ、戻ろうぜ……相川さんが……待ってる」

「やかましいぞ、サンボ！」

今にも干上がって死にそうなサンボに叱咤するロック。彼が死にかけているのが自分のせいだとは、微塵《みじん》も感じていないようである。

サンボを引き摺りながらさらに奥へと行くと、開けた場所に出た。

左手にはゴブレットのような電波望遠鏡が聳《そび》え、正面には銀色の半円形ドームが印象的な天文機器資料館が草の海に浮かんでいる。誘うように延びるこげ茶色の一本道を進み、天文機器資料館の外縁《がいえん》を沿うように歩くと窪地があり、視界の九割が空の青と草の緑で埋め尽くされた。

残りの一割を占めるのは赤と黒の点々。国立天文台の最奥《さいおう》、隕石でも墜ちたのだろうかと思うほど綺麗に削られた窪地の内では、邪悪な集団が啼《な》き声を上げ、いがみ合っていた。

「ねえ、あれ、なにかな」

カイワレの太い指が、窪地の中央を指す。

「うわ、なんだあのおぞましい集団は」

「喧嘩してるっぽいな」

「まさか……」

窪地の中央で踊るのは赤と金を基調にした二階建ての御輿《みこし》。一階部ではファンシーな眼鏡をかけた初老の男性が微笑み、二階部には浄衣《じょうえ》を纏った中里さんが坐《ざ》している。黒く染められた髪の毛は夜露のように冷たく感じられ、薄っすらと浮かべた笑みからは人間味がしない。月白色に染まった右目から在りし日の神降ろしを想起すれども、その目は弱弱しく開かれているばかりで、かつてよりも悲しげな印象を受けてやまない。

高貫が、気取った声で言い放つ。

「さあ、祈るのです。〈月呼びの巫女〉は今宵神と交わり、七曜の一柱と相成ります。月曜日が再び世界を照らす前に、あなた方の罪を懺悔なさい」

「うるせえ！　巫女だの懺悔だの、せめて宗教的ルーツを統一しやがれってんだ！」

高貫らを乗せた御輿に相対するは、貧相な無精ひげを生やしただけの無職の男。彼の取り巻きは、相も変わらず「そうだそうだ！」と鳴くばかりの烏合の衆。

「政府もあなた方も、口と鼻だけは達者ですね。よく喋り、むやみに嗅ぎつけてくる」

「あんな冠《かんむり》だけが立派な高給取りたちと一緒にすんじゃねえ。みんなようやく、あの忌々しき曜日を忘れてきたんだ。生き返らせようったって、そうはいかねえぞ！」

ぎゃあぎゃあと啼くふたつの声。俺は御輿の二階で沈黙を保つ中里さんの雰囲気にある種の不安を感じながらも、踵を返した。

「おい、逃げるぞ」

「ちょっと待ってくれ、キリのいいところまで読みたい」

「オレはもう走れん……」

「たわけが！　ほら、行くぞ！」

俺が逃走を促すも、幼少期のゆとり教育でゆとりのある生活を知ってしまった彼らの脚は動こうともしない。焦る俺を尻目に、ロックは正面の混沌を愉快そうに見つめ、ダザイは汗ばんだ顔で漫画を読み、カイワレは穏やかにストレッチをし、サンボは未だ酸素を取り入れるために口をパクパクとさせている。

「頼むから動いてくれ！」

危機感のない阿呆どもをどうにか動かそうと躍起《やっき》になっていると、混沌の中から俺を見つめる視線を感じた。これはまずい。

「そこのあなたは、もしや――」

高貫の不気味な視線がファンシーな眼鏡を透過して俺を突き刺す。

その刺傷時の音がよほど大きかったのであろう。ほかの奴らも俺に気がついたようだった。

「あ、てめえはあの時の！」

南無三《なむさん》。

＊

「くそッ！」

俺は不甲斐ない仲間を置いて駆けだした。必要な犠牲だったと言わざるを得ない。たしかに俺は月曜日を、彼女との約束を取り戻したいとは願った。しかし、そのためにあの妖怪モドキたちと一戦交えたいとは露ほども思っていなかったし、これからも思うことはない。

俺は静かに情報を集め、適切な時に、適切な量だけ気張ればいいと考えていた。そういう主人公がいて然るべきだろう。俺から言わせれば、世の主人公諸賢は頑張りすぎなのだ。

「おいナカガキ、誰だあいつら」と、ロックが喚く。

「知らん！」

「うそつけ！　おまえの名前を呼びながら迫ってくるぞ！」

「知らんったら知らん！」

「ナカガキさんや。腹を割って話そうではありませんか」御輿の上から高貫が言う。

「そんな臓物飛び交う話し合いなど、俺は望んじゃいない！」

「ナカガキよお！　一緒に月曜日をボコボコにしようや！」松井が腕を振り回しながら駆けてくる。

「うるさい！　ラーメン屋の店長みたいな恰好しやがって！　メンマでもしゃぶってろ！」

百鬼夜行も裸足で逃げだす軍団を不本意ながら率いることになった俺は、ゴーチェ子午環室の横を半泣きで走った。そして、二秒後には号泣していた。右手の子午儀資料館から、追い打ちをかけるように先ほどの官僚たちが現れたからである。

「あっ、やはり七曜の会の一員だったのですね！」

「相川さん、この状況を見てなぜそう思った！　逃げてるだろうが！」

　涙を撒き散らしながら熱弁する俺の肩を叩いたのは、サンボであった。こいつ、俺と並走する体力なんて残していやがったのか。あんなにつらいつらい言ってたくせに、この狸野郎。

「ナカガキ、戻ろう。黒髪眼鏡美女だ。しかも官僚だ。オレはこのビッグウェーブに乗りたい！」

「阿呆がすぎるぞ、サンボ。おまえは波に乗ったことなどないだろう。湘南のサーファーに謝れ！」

「毎日十時間以上は乗ってるぞ、オレは！」

「ネットサーフィンはサーフィンのうちに入らん！」

　それを聞いたサンボは顔を真っ赤にし、「それは価値観の問題だ」とわあわあ喚いた。

　こいつ、実はものすごく体力がある人間なんじゃないだろうか。

「なあ、ナカガキ。なんでこんなことになってんだよ！　ちょいとロックンロールがすぎるぜ！」

「たしかに、なんでなんだろうねえ。ボクもさすがに疲れちゃったよ」

「おい、ナカガキ。納得のいく説明をしろ。読書したいだけのぼくをここまで走らせて、ただで済むと思うなよ」

「知るか！　今までのたるんだ人生のツケだと思って、黙って走れ！」

暦どおりに高く澄み渡った秋空の下、国立天文台の敷地内を汁だくだくで駆けるというあまりにヘンテコな状況に、俺の脳みそは途端に冷静さを取り戻した。これも一種の防衛本能なのだろうか。

冷えた頭で状況を分析すると、とてもじゃないが逃げ切れそうにないことが克明に見て取れる。ここは奇想天外な手を使うほかない。

俺はすぐ後ろを走る野郎どもにだけ聞こえるよう、声量を調整して作戦を告げた。

「俺は今から嘘をつく。いいか、嘘をつくぞ！」

「嘘？　なんだそりゃ！」

「いいから。いくぞ、信じるなよ！」

俺はそう言うと、ジーンズのポケットに入っていたスマホを取り出し、こう叫んだ。

「うわぁ！　スマートフォンのカレンダーに、月曜日が復活してるぅ！」

世の中の大根役者が自分の才能を褒めてあげたくなるような怪演技を衆目《しゅうもく》に晒してしまった俺は、「失敗したか」と目を覆った。それはもう大変厳重に覆った。作戦の失敗よりも、自身の三文芝居っぷりに恥ずかしさが臨界点を突破したのだ。

「おい、ナカガキ！　今のなんだ！」

「あまりにもひどい……」

「だまれ熱血バカと読書バカ！　傷口に塩を塗っちゃいかんと義務教育で教わらなか

ったのか！」

主演降板を覚悟する中、ロックとダザイの呆れ声に追随するように耳に飛び込んできたのは「マジで⁉」という烏合《うごう》の衆の鳴き声であった。「まさか！」と思ったその途端、駆ける足音は五人分のみになる。

「おい、あいつらの足が止まったぞ！」

「うそだろ……」

「ざまあみろ！　主演続投だ！」

もしかしたら、俺は役者の才能があるのかもしれない。二十六年目の大発見だ。この自然派な演技がお茶の間と動画投稿サイトを騒がせる日も、そう遠くないだろう。

*

不敵に上がった口角とともに駆ける速度も上がり、俺たちは後方の妖怪軍団を颯爽と振り切った。４Ｄ２Ｕドームシアター前に着くと木立《こだち》の影に「休憩所」と書かれた建物があるのが見えてくる。普段の運動不足がたたり、正直もう走れる体力など残っていなかったため一同は倒れるようにして雪崩《なだれ》込んだ。

こぢんまりとした休憩室の中は節電のためか電灯が点いておらず、広報用の映像を流すテレビだけが煌々と光を放っているばかり。もの寂しい空気が室内を占めていた。

「疲れた……。とりあえずここに潜んでやり過ごそう……」

「ねえナカガキ、カレンダーに月曜日戻ってきてないよ？」

「カイワレ、おまえはいい加減、身体じゃなく脳を鍛えろ」

ぞろぞろと入室する俺たちの気配をセンサーが感知したのか、ふっと電灯が点く。

明るくなった室内を見渡すと、ベージュ色の円形卓を囲うようにいくつか椅子が置かれ、壁にはさまざまな写真や切り絵が貼ってあるだけの簡素な空間であった。もの寂しい印象は明るくなっても変わらない。

「なあ、ナカガキ。おまえ、なんであんな厄介なのに追われてんだ？」

額に汗を滲ませたロックが、眉根を寄せて訊ねてくる。

「この前少し話しただろう。俺が月曜日殺しの犯人に気付いたキッカケだ」

「ずいぶんと物騒なキッカケを拾ったんだな」

「とりあえず座ろう、オレは疲れたよ……あぁ、相川さん……」

「同感だ。また騒ぎが起きる前にこの巻だけは読み終えたい」

「ブレないな、文豪さんは」

「おい、誰かいるぞ」

ロックに促され視線を部屋の隅へとやると、そこには珍奇な先客がいた。

瑠璃《るり》色のソファに横になっているその男は、ひょろりとした身体によれよれの白衣を纏ったもやしのような奴で、「天命」と書かれたアイマスクを着けて眠りこけている。幸せそうにあんぐりと開いた口からは、微かな呼吸音が漏れ出していた。

次々と襲い来るイベントの数々に、俺は目眩を覚える。

「変な奴しかいないのか、日本国《にほんこく》お抱えのこの施設には」

「そうか？　なかなかにロックンロールなアイマスクじゃねえか？」

「無視して休もうぜ。今後の対策も考えなくちゃいけない」

「とか言ってすぐに漫画を読むのな、君は」

「そう言うサンボもすぐにスマホいじる……。ねぇ、まずはここからどう出るかを考えようよ」

俺たちは小さな休憩室の中で、ここからどう出るかたっぷりと二分ほど思案した挙句、「まあ、正面から出るしかないよな」という結論にたどり着き、驚きの安心感を得た。提案したカイワレも、「結局それしかないよねぇ」と同意した。

特殊技能を有しているわけでもなく、政界の要人にコネがあるわけでもない平々凡々な俺たちには、来た道を戻り、守衛さんに爽やかな挨拶をしてからここを去る正攻法以外に選択肢はない。

「それにしても、ここまで大事になってるなんてな」

「いや、冷静に考えなくても大事だろうが。早いとこ相川さんに協力しようぜ」

「サンボの純情はともかく、政府までもが月曜日が殺された件について本腰をあげて調査をはじめている。ぼくたちにできることはもうないんじゃないか？」

「いやまあ、そうなんだが……漫画読みながら言われても……」

「あんさんら、今〈月曜日が殺された〉と言いましたね」

「うわっ、もやしが動いた！」

不意に目を覚ました男は、身体を起こすと天命アイマスクをがばりと外し、ぼさぼさの頭に手櫛《てぐし》を通した。サンボは驚きのあまり椅子から転げ落ちるという伝統芸能を図らずも披露してしまい、ひんひん呻きながら床に這いつくばっている。

「ふわぁ、ねむっ」

サンボの痛ましい姿を欠伸ひとつで一蹴したもやし男は、おもむろに白衣の内ポケットをまさぐったかと思うと、べっこう色のウェリントン眼鏡を取り出し、それを野暮ったくかけてから腰を上げた。

「詳しく聞かせてもらってもいいですか？」

「おまえもなんちゃら委員会の役人だったのか！」

「なんちゃらがなにかはわかりませんが、僕はしがない研究員ですよ。それよりも、なんで月曜日が死んだと思ったんですか？」

「どいつもこいつも、どんだけ月曜日のことが好きなんだ」

「いやあ、僕は曜日に恋愛感情を持ったことはないですよ」

「そういう話じゃないんだよ。というか、おまえ何者だ！」

俺と絶妙に波長が合わないこの男、ここの研究員だと言うが、どうも得体が知れない。仮にも天文学のエキスパートが集う国家お抱えの星見櫓《ほしみやぐら》であるため、多少、地から足の浮いた変人がいることは覚悟していた。しかし、オールトの雲よりもふわふわとした奴がいるとは、誰が想像できただろうか。

「あぁ、僕はここの暦計算室っちゅうところで働いてる聖正恭《ひじりまさやす》いいます。聖なる夜の聖の字一文字で、ヒジリです。どうぞよろしく」

「なんと！」

「おいおい、こんなところで暦計算室の人間に出会うなんてよ！　ナカガキ、相当にロックンロールだぜ、この展開は！」

「はあ、ロックンロール、ですか？」

どうやらこの男は、当初俺たちが探し求めていた暦計算室所属の研究員らしい。なにをしているのか皆目見当のつかない研究室だとは思っていたが、まさかこのようなもやしの妖精を匿《かくま》っていたなんて。国の食料危機にも敏感とは、天文学者には恐れ入る。

「天文台では織姫彦星もびっくりな出逢いがあるんだなぁ！」

不運にも俺たちに出くわしてしまったもやしフェアリー氏は、やたらとテンションの上がったロックに両肩を掴まれ頭を揺すられている。俺はへそを曲げられたら困ると思い、見た目よりも栄養価の高い万能食材を救出に向かった。

「すみません、気にしないでください。こいつ真性の阿呆なので」

「天命さんサイドが寝て待ってるなんて考えられるかよ！　本当ならおれらが寝て待たなきゃいけないんだぜ？　これは奇跡だ！」

「まあ、いいですけど。ところであんさんら、七曜の神って知ってます？」

「なんだ、いきなり」

突然の宗教的切り返しに、数秒前まで密なボディコミュニケーションに興じていたロックは、華麗なバックステップでもやし男から距離を置き、怯えた声で「おっかねえ」と言い放った。なんて自分本位な男であろうか。一刻も早く地球から出て行ってくれることを願うばかりだ。

「あれだろ、曜日の神様のことだろ。そのくらいなら俺たちも知ってる」

「そうですそうです。そして偶然にも今は十月。あ、十月がなんの月か知ってます？」

「秋アニメがはじまる月だな」

サンボの一言にもやしの精は小首を傾げ、俺はため息を吐いた。

「……ああ、えっと、神無月《かんなづき》と言いまして……まあ、各地の神様が出雲で会議をするっちゅう月ですわ……はい……」

「おい、初対面の変人にスルーされるのは、全然ロックンロールじゃあねえぞ、サンボ」

「やかましい！　十月と言えばそれ以外ないだろうが」

頬を紅く染め、ぷりぷりと怒るサンボ。この様子を見る限り、ウケ狙いではなく本気でそう思っていたのだろう。オタクとはなんと純真な生き物か。

「おまえら少し慎みを覚えろ。それで、十月がなんだってんだ？　もったいぶらずに教えろよ」

「まあまあ、そう慌てずに。この〈かみなしつき〉も一説にすぎないんですよ。醸《じょう》成月《せいつき》、新酒を作る月っちゅう説もあるんでね」

「酒税法違反じゃねえか」

「だまれサンボ」

「ただやはり、この十月こそが、いなくなった神様に逢う絶好のチャンスでしょうな」

そう言ってにやりと笑うもやし男とは対照的に、俺たち五人は顔をしかめた。

「あの、なんの話かボクにはよくわからないんですけど、そもそも、神様たちはどうして集まっているんですか？」

「なんでも、人の縁《えん》を結んでいるとか」

「神様が寄ってたかってなにやってんだか……」

「スケベ野郎どもが！」

「サンボ、神様に野郎はまずいよ。ねえ、ナカガキ」

「おいおい、スケベは許容すんのかよ」

「スケベでもなんでも、ゴシップは万国共通、老若男女や神仏俗物問わず人気なんですなぁ」

「で、結局なにが言いてえんだ」

苛立つロックに対し、聖は口角を高く上げ、気味の悪い笑みを浮かべた。

「あら、意外と鈍感さんですか？　月曜日は死んだんちゃうくて、正確には家出したと見るべきなんですわ」

「月曜日が、家出……？」

「古くは神代《じんだい》、一柱の神が引きこもった大事件があったんですが、ご存じで？」

「エルヴィス・プレスリーは逃げ隠れしたことなんてねえぜ！」

「天照大神《あまてらすおおみかみ》だろ。天岩戸《あまのいわと》の話だな」

頭はよいが、その制御装置が遥か昔にイカレてしまっているロックを尻目に、特段頭がよいわけでもないが、この手の教養話になると舌鋒鋭くなるダザイが代わりに答える。

「そうです。ほかにも大己貴神《おおあなむちのかみ》、大国主神《おおくにぬしのかみ》のほうがわかりやすいですかね、幾柱もの神が隠れてしまった事例があるんですよ」

「つまり、オレは神だったのか……」

「おまえはただの引きこもり同人作家だろうが」

「神はそう簡単に死にはしません。その証拠に、古事記や日本書紀といった文献では神は死ぬ者ではなく、退《ひ》く者と考えられています」

「いや、死ぬ神だっていただろう」

ダザイが、鋭く指摘する。

「それはまあ、読み手のことを考えて、ある種のエンターテインメント性を取り入れてみたのでしょう。登場キャラが全員不死身だと、物語にハリが出ませんからね」

「なるほど、たしかに。最近の少年漫画は主要キャラでもすぐに死ぬからな。ハラハラする」

「そういうことです」

「いや、違うだろ」

聖とダザイの頭がよさそうで全くよくない会話に正しくつっこめたのは俺だけで、難しい話だと勘違いしたカイワレは膨れ上がった筋肉に身を隠し、ロックはわかっているのかいないのか、ただただ頷いており、サンボは「オタクばっかりだな」とぼやいていた。

「とにかく、まだ〈月読命《つくよみのみこと》〉、つまり月曜日の神は間違いなく死んでおらず、出雲にいるんです。おそらくですが」

「なんか奥歯にものの挟まった言い方だな」

「では少し踏み込んだ話をしましょう。あんさんらは、神をその身に宿すことができる人間がいることをご存じで？」

にたりと笑うその男の質問に、心当たりがあるのはどうやら俺だけに思われた。

「神降ろし。月呼びの巫女か……」

「あら、知らないと思っていましたが、これは失敬。侮りすぎましたね」

細長い小指でぬるりと眼鏡を上げ直した聖は、くつくつと笑った。

「憑依《ひょうい》や神懸《かみがか》りとも呼ばれる神降ろしは、神子《かみこ》が神霊《しんれい》を身に宿らせる行為。逆に言えば、降りてくるものが存在しなければ降ろすことはできません。当たり前ですが。先ほどちらりと月呼びの巫女なる方を拝見しましたが、まあ見事に憑いていらした。これが、月読命がまだ生きている証左となります」

「おい、ちょっと待て。たしかに、たしかに彼女は月呼びの巫女と呼ばれ、かねてから神降ろしをしていた。だが、あれは所詮演技にすぎないだろう？　本当に神を身に宿すなんて、常識的じゃあない」

「月曜日が消えるこの世界で、いまさら己の常識にしがみつくのは、賢いとは思えませんな」と、聖。その発言に、先ほど見た彼女の異様な雰囲気が思い起こされる。

あの月白に染まった右目も、もしかしたらコンタクトレンズなんかじゃないのかもしれない。学生の頃から、彼女はたしかにあの華奢な身体に神を降ろしていたのだ。

「次に、なぜ出雲にいるかですが、これは先ほども話したとおり、神無月に行われる縁結びのため。ですが残念なことに、かみなしつきも一説にすぎない。これも前述のとおり。出雲に行くのは一部の神のみとも言われていますし、その召集の強制力がどれほどのものかもわからない。そもそも神が集まるというのすら、嘘だという話もあります。つまり、生きてはいるが出雲にいるかはわからない。これが先ほどの僕の発言の真意です」

滔々と語り終えた聖は満足げな顔をして、もう一度、細長い小指で眼鏡を上げ直す。

「んだよ。偉そうに語ったわりには、はっきりしねえじゃねえか」

呆れた顔をしたロックが首を落とす。

「こういうとき、結局最後は神頼みですわ。いるほうに賭けましょう」

「科学者がそんなこと言ってもいいのか？　科学の起こりは神の否定だろう」

「僕、こう見えて占いとか信じる性質《たち》でして」

そう言うと、聖はしわくちゃになったおみくじを白衣の内ポケットから取り出し、またしても気味悪く笑った。俺はその笑みを視界に入れないようにおみくじのほうに目をやったが、そこに書いてある「末吉」の文字を見て、なんともいたたまれない気持ちになった。

＊

「ああ、そうだ。御守り代わりに、これを渡しておきましょう」

聖は白衣の内ポケットから艶のある桃色をした長方形の板を取り出し、俺の眼前へ差し出した。それは厚さ一センチ程度で、やたらと軽い。

「なんだこれは」

「神鏡《しんきょう》です」

パカリと開かれた板の内側にはたしかに鏡が張ってあり、そこにはなんとも怪訝な顔をした俺が映し出されていた。

「百均で買っただろ、これ」

「神代のものより質は断然いいですから、神様も文句は言わんでしょう。知りませんが」

「どこまで適当なんだおまえは……」

「あとは供物としてこれを」

次に彼が内ポケットから引き抜いたのは、保存用のチャックが半開きになっている無添加イカゲソ（目測一二〇グラム）であった。

「イカだ」と、サンボが零す。

「サンボ、イカ好きだったろう。おまえにやるよ」

「おっさんの食べかけなんていらねえよ」

つかつかと足早に歩み寄り、イカゲソをぶんどるサンボ。「ったく」と悪態をつきながら半開きだったチャックを全閉し、風味の保存に努めてやまない。

「それにしても、なぜこの天文台へ？　こんなことを言うのはなんですが、あんさんらはどうも天文に興味があるとは思えませんので」

その質問に俺たちは顔を見合わせ、唸った。唯一顔を見合わせることのなかったロックが「ちょっと、世界を救いに来たんだよ」と胸を張って答えたのを見て、さらに唸った。

「はあ、なるほど」

もう俺たちに対する免疫を身に付けたのか、聖は「それは殊勝なことで」と欠伸を漏らし、不健康そうな身体を伸ばす。

「それなら、あまり時間はないですな。僕の推論が正しければ、もう二十時間を切ってますから」

「それ、どういうことだよ」

「月相《げっそう》ですよ、月相」

聖はまたしても懐を無造作にまさぐると、今度はメモ帳とボールペンを取り出した。こいつの白衣の内ポケットは四次元空間か百円均一ショップに通じているに違いない。後者だった場合は、万引きである。

はらりと捲ったメモの上に、彼はいくつかの図を描いた。

「要は月の満ち欠け具合ですわ。こう、新月、上弦、満月、下弦……と、月はその姿を変えるんですね。無口な巫女を連れたカラフル眼鏡の旦那は、直近で月の最も満ちるタイミングを知りたがっていました。おそらく月読命と巫女の同調が活性化するタイミングなんじゃないでしょうか。詳しくはわからないですけど」

くつくつと笑いながら、聖は図をぐりぐりと描き込んだ。

その中のひとつ、満月の中に描かれた棒人間が俺を見ている気がした。

「多分ですが、あんさんらの言う〈世界〉っちゅうのは〈月曜日が存在した世界〉のことでしょう。いやはや、月曜日もなんだかんだで好かれてますなぁ」

「おい、その月の満ちる時間ってのはいつだ」

俺は聖の両肩を掴み、詰め寄った。月に消えていきそうな棒人間が、視界の隅でちらついている。

あからさまに狼狽えた彼は、手で壁を作って抵抗の意思を見せた。

「ちょ、ちょ、なんですか急に」

「いいから、そのカラフル眼鏡に教えたっていう時間を言え！」

「じゅ、十月十四日の午前六時八分です」

それを聞いて、俺の腕は力なく聖の肩から滑り落ちた。

「明日の早朝じゃないか」

ずれた眼鏡を上げ直して体勢を立て直した聖は、ひん曲がった背筋を少しだけ伸ばすと、「んんっ」と小さく咳ばらいをした。

「先ほどの旦那だけでなく、今頃政府も何人か派遣してるんじゃないですかね。もう与太話《よたばなし》でも信じるしかないんでしょう、彼らも。なんせ他国から日本が月曜日消失の原因であるとの疑いがかけられていますからね。早急に手を打たないと、国際的な制裁を受けるかもしれません」

無理矢理伸ばした背筋をぐにゃりと曲げ戻しながら、「ひっひっひ」と引き笑いをするこの男。もやしの精などではなく、ともすれば悪魔の使いかなにかに見えてくる。

「おっと失礼、笑ってはいけませんな。でも、出雲はこのあと魔王の居城《きょじょう》もびっくりの混沌に包まれそうですねえ。ほら、昔のゲームに出てきたみたいな不気味な感じの。いやぁ、少しだけ見てみたい気もしますがね。しかし、彼らみたいな利己的な集団が集まったんじゃあ、月曜日はストレスで本当に死んでしまうかもしれませんな。あんさんらも、お気をつけて」

「おい、勝手に話を進めるな。そもそもぼくたちは出雲に行くつもりなんて毛頭ない」

「そうだそうだ！　これ以上このオレに遠出をさせるんじゃあない。なあ、ナカガキ」

「え、ああ、おう……。さすがに、今から出雲は、ちょっとな……」

「あら、そうなんですか？」

悪魔的な笑顔で「残念ですねえ」とうそぶいた聖は腕時計をちらりと見ると、もやしのような白い顔をさらに白く染めた。

「おっと、これはいけない。僕もそろそろ戻らないと。室長にまたどやされちゃいますんで」

スピリチュアルな研究員はひらひらと手を振りながら、そのまま星の世界へ消えていった。

＊

わずか一時間足らずで、国立天文台の恐ろしさをその身に嫌というほど刻んだ俺たちは、それからほどなくして休憩室を出た。中央棟の付近には幾人かの黒スーツと、お世辞にもお洒落とは言えないTシャツを着た面々がうろついている。

お仲間の大半は、すでにどこかに去っていたようだった。

俺たちは彼らに見つからないようにこそこそと歩き、守衛さんの前でのみ堂々とした態度を貫いて、軽快な挨拶とともに国立天文台を脱出した。正門前のバス停で少し待つと、調布駅行きのバスがやってくる。車内後方の座席は野球のユニフォームを身に纏った小学生軍団に占拠されており、俺たちアラサー軍団は前方の一人掛けの席にそれぞれ座って駅を目指した。

硬いシートに背をあずけ、天井をぼうっと見ているロックが零す。

「おれよお、天文台って星座眺めてるだけの平和な場所かと思ってたぜ」

「ボクも」

「ぼくもだ」

カイワレもダザイも、短く同意する。

「はっ、これだから情弱は。天文台を甘く見すぎだ」

「一番打ちひしがれてたのはおまえだろうが」

ぺしっと、ロックがサンボの頭をたたく。

後方から流れてくる前途有望な若人《わこうど》たちと、有望だった前途を不毛な大地に変えた男たちの雑談をBGMに、あることを考える。

月滅会が先に月読命を発見したらどうなるか。おそらくよい扱いはされないだろう。よくて謹慎処分、わるければ獄門打ち首だ。では、政府が見つけたら。これも多分に危険を孕《はら》む。各研究機関をたらい回しにされた挙句、網走《あばしり》かどこかに幽閉され、劣悪な環境で月曜日という忌《い》むべき大役を担わされ続ける可能性が高い。七曜の会が見つけても、それはそれで怖い。頭のおかしい奴らのことだ。月曜日は変に祀り上げられ、金稼ぎのための陳腐《ちんぷ》なマスコットと化してしまうだろう。

それに、奴らに任せたのでは、中里さんの身がどうなるかもわかったもんじゃない。神との同調だの、七曜の一柱と相成るだの、どうにも物騒極まりない。

ならば、きっとそういうことなのだ。

京王線調布駅に着くと、時刻はすでに正午を過ぎていた。

時が経つのは早い。大人になってようやく知ったことだ。五年もあれば国民を律する法律も変わるし、十年もあれば無毛の子どもは毛むくじゃらのマセガキになる。

しかしどうだ、変わらないものもある。それは塩化ビニールのように便利でもなければ、純金のように金銭的価値のあるものでもない。固くて、粘っこくて、泥臭くて、それでいて心の奥底に眠ったままなかなか出てきやがらない、いつかは処分をしなくてはならない、可燃性の想い。

「なあ、みんな」

「なんだよナカガキ、品川の水族館にでも寄って帰ろうぜ」

「サンボはどんだけ水族館行きたいのさ……」

「俺は、昔から主人公に憧れてたんだ」

そう、俺はその処分しなくてはならない想いを、つい先日掘り起こしたばかりなのだ。

「ど、どした、急に」

「行くぞ、みんな。出雲だ」

「おいおいおい、ちょっとそれはロックンロールが過ぎるぜ」

「念のため確認だけど、今から行くの？」

「そうだ。俺たちで月曜日を救い出す！」

覚悟を潤沢《じゅんたく》に含んだ俺の声は、駅前に屹立《きつりつ》している波打つように丸みを帯びたショッピングモールに当たり、緩やかに空気に溶けた。

俺の情熱が溶け込んだ酸素を吸い込み火がついたのか、サンボは沸騰寸前の熱湯が入ったやかんのようにわなわなと震えだした。こいつも俺と変わらない大馬鹿者だったのかとほくそ笑んだが、どうやらその熱湯の注ぎ先は俺の目論見とはだいぶ違い、否定の方向であるらしかった。

「行かん。断じて行かんぞ、オレは。本当に疲れた。オレを優しく包んでくれる万年床に帰りたい。帰らせろ！」

「いいか、サンボ。あの美人官僚にもまた会えるかもしれない。これは好機なんだ」

「よし、行くぞ！　野郎ども！」

「こいつは一度、万年床に送り返した方がいいと思うんだが……」

「はあ、これだからインドア派は困る。いいかダザイ、よく聴けよ」

一瞬で熱湯の注ぎ先を変えた自称清純派オタクは、その熱量をもってしてほかの阿呆三人を焚《た》きつけて回った。ダザイは最後まで抵抗したが、長編漫画全巻セットと引き換えというオタク的賄賂《わいろ》に陥落した。カイワレは「彼女に電話して大丈夫だったら行く」という腹立たしくもありがたい返事をくれ、ロックは「ロックンロールだから問題なし」という、極めて国語偏差値の低い回答を寄越《よこ》してきた。

「そうだ、それでいい。いつだってオレたちが目指すのは主人公だ。ガキの頃の自分に胸張れる生き方しようぜ。なあ、ナカガキ」

「ああ、そうともさ！」

「ナカガキはともかく、サンボは相川さんに会いたいだけだよねぇ……」

「うっせえ。彼女持ちならわかるだろう。ラブ！　イズ！　ライフ！」

「お、いいねえ。ロック！　アンド！　ロール！」

「はあ、行くなら行こうぜ。今日中に着けなくなる」

「ダザイ、おまえは冷静すぎんだよ。熱くなれ！　クール！　アンド！　ビューティー！」

「おい、サンボ。誰がクールビューティーだ」

「天然！　アンド！　パーマ！」

「おい、今言ったの誰だ！」

よくわからぬ使命に燃え、火傷だらけの俺たちが目指すは古《いにしえ》より神々が集う土地。

いざゆかん、出雲へ！

第六章　出雲会戦

いざゆかん、出雲へ！

と、息巻いた俺たちであったが、移動自体は極めて平穏かつ物静かに行われた。

国立天文台での騒動のあと、俺たちは調布駅からその足で東京駅へと行き、みどりの窓口で岡山に向かうチケットを買うと、発車間際の新幹線へと滑り込んだ。富士山が車窓に現れた頃には渋っていたダザイも完全に腹を括ったようで、頻《しき》りに「結局は諦めねえド根性なんだよ」とカイワレに説いていた。腹を括るためにアツい忍者漫画を読んでいたらしい。頭髪は捻じ曲がっているが、心は単純なのがこのエセ文豪のよいところだ。

富士山の消えた車窓をぼけっと眺めていると、スマホのＬＥＤライトが緑色に明滅した。

『先輩、絶対見てくださいね。約束っすよ！』

メッセージの送信主は片岡だった。俺は見なかったことにして画面を暗転させた。

岡山駅に着くと、時刻はすでに午後五時半近く。俺は駅の土産物屋さんできびだんごを買い、それをお供たちに分け与える。「トリュフチョコレートがいい！」とごねるサンボには、追加で名物の熟成肉味の饅頭《まんじゅう》を恵むことにした。「正面切ってまずい！」と嘆く様はなんとも滑稽《こっけい》で、俺は満面の笑みにならざるを得なかった。

岡山駅からは臙脂《えんじ》色が目を引く特急やくもでJR出雲市駅へ。高梁川《たかはしがわ》を沿うようにして駆けるこの電車は、シティボーイである我々にのどかな風景をたっぷり三時間ほど見せつけてきたため、少々目のやり場に困った。

JR出雲市駅へ着くと、もう午後九時過ぎ。乗り換え先の一畑電鉄《いちばたでんてつ》は運行している電車の本数が少なく、逃すと出雲大社前駅《いずもたいしゃ》にたどり着けなくなる恐れがあったため、俺たちは食事もとらずに電鉄出雲市駅へと向かった。「せっかく回転寿司があるのに！」とサンボが鳴いていた。

JR出雲市駅を北口から出ると、左右に伸びる小綺麗な木造のバス停が目に飛び込んでくる。その待合ベンチでは酔漢《すいかん》がくだを巻き、駅前を歩く縁結び目当ての観光客に絡んでいた。彼も早々に酔いつぶれた神様の一人なのかもしれない。あまりにも畏《おそ》れ多いため、絡まれないように距離を取って先を急ぐ。

東の方角へ延びる暗い道を進むと、建物の谷間に電鉄出雲市駅の駅舎がひっそりと佇《たたず》んでいる。駅舎の中へと入ると神在月《かみありつき》ゆえか、夜だというのに待合室に六つあるベンチは、ほとんどが観光客で埋まっていた。これだけ人がいたら、運命の赤い糸が運命に反したもつれ方をしてもおかしくはない。

もつれる糸すら持たぬ孤独な阿呆四人と、すでに糸がもつれている桃色の筋肉野郎はベンチには目もくれず、券売機で切符を買ってプラットホームへと上がった。見晴らしのよいホームには、これでもかというくらい橙《だいだい》色に染まった二両編成の一畑電車が眠そうに乗客を待っていた。

車内は明るく、どこか懐かしい匂いが鼻をくすぐる。優先席は都内の無機質な単色シートとは違い、お洒落なデザインで包まれていた。その意匠《いしょう》に少し胸が温まる。同時にホームに上がってきた家族連れが優先席に興味を示していたので、優先されてもおかしくない生き方をしている俺たちではあるが、ここでは普通席に陣取って欠伸をリレー形式で繋ぐことにした。さすがに家族の団欒を壊すほど無粋ではない。

ことりと音を立て、小さな電車は動きだす。「せっかく回転寿司があったのに」と未練がましく外を眺める男がいる。市街を抜け、川跡《かわと》駅で桃色が眩しいご縁《えん》列車に乗り換えると、辺りはとうとう月明かりのみで満たされた。月白の明かりの中を滑るようにして電車は進み、高浜《たかはま》駅と遥堪《ようかん》駅の間に突如現れた朱色の鳥居が連なる参道をも横切って、出雲大社へとひた走る。参道を電車で横切るとは、一畑電鉄は神様から治外法権でも与えられているのであろうか。

そんなことを考えていると、終点の出雲大社前駅に着いた。駅舎の中は蛍光灯の温かな光も相まってレトロな雰囲気が漂い、壁面には彩り豊かなステンドグラスがはめ込まれている。日中であれば、このSNS映えする極彩色《ごくさいしき》に包まれることは想像に難くない。

しかし、今我々が見なければならないのは、ふわふわとした想像ではなく、目の前に広がるねっとりとした現実である。

現在、午後十時。駅舎の外には黒にまみれた夜が広がる。調布からここまで、およそ九時間半に及ぶショートトラベルであった。

「遠いわ！　旅行じゃねえんだから！」

「いや、これもう旅行でしょ」

「島根まで来ちゃったしねえ」

唸るロックを制すダザイとカイワレの後ろで、一人そよ風に揺れる凧の真似をしているのは餓死寸前のサンボである。

「なあ、メシを食おう。倒れちまう」

「数時間前に、きびだんごと熟成肉饅頭を食ったばかりじゃないか」

「あんなもんメシとは言わんわ。このブラック桃太郎め！」

「たしかに、戦《いくさ》の前にはなんとやらだ。そうだろ、ナカガキ」

「それもそうだな」

　夕方に食べたきびだんごが消化され腹が減っていた一行は、駅前を南北に走る神門《しんもん》通《どお》りを北へと進んだ。もう夜も遅いため人通りはまばらであったが、日中は神様に縁を結ばれたくて結ばれたくてしょうがない独り身が跋扈《ばっこ》しているのだろう。

「やっぱり出雲市駅前でごはんを済ませておくべきだったね。全部閉まっちゃってるよ」

「せっかく回転寿司があったのに」

「狼狽《うろた》えるな、こういう時は先生に相談だ」

　生気がどんどん抜けていくサンボを嗜《たしな》め、大社付近の飲食店をネットで検索すると、この時間でもやっている店を見つけることができた。

　勢溜《せいだまり》大鳥居《おおとりい》前を西へ折れ、文明的な光を煌々と灯すコンビニの前からひっそりと延びる小道を進む。甚《いた》く寂しいこの小道が、稲佐《いなさ》の浜からわかめを纏って上陸してくる神様たちの通り道だというのだから驚きだ。

　暗い神迎《かみむかえ》の道をほどなく行くと、賑やかな明かりが通りに漏れだしていた。民家に挟まれた奥まった場所に小綺麗な古民家がぽつねんと建っており、そこには古民家には不釣り合いなほどに鮮やかな緑色の看板が掲げられている。どうやらそれは、ここがお目当ての居酒屋であることを示しているようで、俺たちは「僥倖《ぎょうこう》！」と泣き叫びながら吸い込まれていった。

＊

前を走る神迎の道の寂しさが嘘のように店内は活気に満ちており、俺たちは店主自慢の居心地のよい和空間で、これまた店主オススメであるイカ焼きをもちもちと食《は》んだ。

「またイカだ」と、サンボが漏らす。

「おやっさん、出雲はイカが有名なのか？」

「いんや、これは隠岐《おき》で採れたイカだよ。隠岐にはイカ寄せの浜ってのがあって、わざわざ釣らなくても打ち上げられたイカを拾って歩けるんだわ」

「へえ、そいつはロックンロールだぜ。イカの世界じゃ日焼けが流行ってんのかね」

「いろんな説があるんだけどもよ。なんでも、その浜の近くに祀られている女神様に会いに来てるっちゅう話もあるんだわ」

「はんっ、とんだスケベ野郎どもだな。イカくせえったらありゃしねえ」

ほろ酔いのロックとサンボが、店主とわいわい話をしている。どうやら隠岐にある神社にはイカに所縁《ゆかり》のある由良比女命《ゆらひめのみこと》なる神様が祀られているらしいが、似たような名前をどこかで聞いたような気もしたし、そんなこともないように思えた。

　三人の会話をぼうっと聞いていると、横から「ナカガキは飲まないの？」と、筋肉質な声が飛んでくる。

「いや、酒の気分じゃないんだ」

「めずらしいな。酒好きのおまえが」

　最近はめっきりだよ、とほろ酔いの天パに返そうとした刹那、再びスマホに片岡の名が映った。『生配信のリンク送っておきますね！』と、さも俺が奴の配信を見たくてたまらないような体《てい》で送りつけてくる。

「あいつも懲りねえな……」

「ん、なんだ？　それは」

　ダザイが眼鏡をくいっと上げ、カイワレがひょいと画面をのぞき込む。

「ええっと、なになに――『月曜日を覚えていますか？』って、またずいぶんと胡散臭いタイトルだねえ」

「どうした！　ナカガキの恥ずかしい話か？　くれ、オレにもくれ！」

「下がれサンボ、暑苦しい。会社の後輩が今晩生配信すんだってよ。なんでも前々から計画してたらしいが、阿呆のやることはわからん」

　学生時代に某巨大動画共有サイトで深い傷を負った彼は、その後動画投稿や生配信から遠ざかっていたのだが、あまりに無味乾燥な毎日に古傷が化学反応を起こし、最近再び情熱に火が灯ってしまったようだ。嘆かわしい。

配信のタイトルがなんとも胡散臭いのは、彼がそのネタ探しをしている時に俺が月曜日を覚えているかうんぬんと語ったためらしかった。

「つまんねえことで騒ぎやがって……。ちょっとそのＵＲＬよこせ。オレがそいつを有名配信者にしてやる」

「好きにしてくれ。有名になれるなら奴も本望だろう」

イカ焼きをもちもちと頬張りながらスマホをいじくり回すサンボを一瞥し、ダザイが喫緊の問題をテーブルの上にででんと挙げる。

「配信の話は置いといて、まずは宿を探さなきゃいけないな」

宿と聞いて、その場にいた全員が頷いた。

古民家居酒屋の店主に、このあたりで泊まれそうな宿をいくつか紹介してもらうが、どれもが満室。人のよさそうな店主も苦笑いしながら、「この時期に予約なしは難しいよ」とお手上げの様子。さすがは神様が集まる出雲大社。そのご利益を求めて人間が集まるのは想像に難くないが、存外、ご利益を振り撒く神様たちも、そこらへんの宿に泊まっているのかもしれない。日本に神は八百万《やおよろず》もいるのだ、出雲の町の宿が全室満室でもおかしくはないだろう。

さて、どうしたものか。

「おら、見つけてやったぞ。三、二で分かれることになるがな」

島根の外れで宿なしになる恐怖に慄いていると、悪い顔をしたサンボが暗躍の片手間に宿を探してくれていた。「感謝しろよ」とのたまうその口からは、イカのゲソが覗いていた。

＊

奇跡的に五人が泊まれる空き部屋があったのは、神門通りをまっすぐ南に下ったところにある、モーターインスタイルのロッジホテルだった。

どうやら今晩予約を入れていた団体の一部に、急遽キャンセルが出たらしい。

古民家居酒屋を出て神門通りをしばらく南進すると、お目当ての宿に着いた。中は思っていた以上に綺麗であり、急遽取れたにしては充分すぎる旅籠《はたご》であった。

宿なしの恐怖は、これにて雲散霧消《うんさんむしょう》。さて、あとは犠牲者を決めるだけなのだが。

「先に言っておく、ぼくはロックとだけは絶対に嫌だ」

真剣な面持ちのダザイが眼鏡をぐいとせり上げる。まったく、同意せざるを得ない。俺の軽快な頷きの裏で、続けざまにサンボも声を上げた。

「奇遇だな、オレもだ。いびきで眠れたもんじゃねえ」

「ボクも筋肉に響くから睡眠はしっかりとりたいな」

「おめえらガタガタうるせえぞ！　おれは寝てる時もロックンロールに浮かされてんだよ！」

「うるせえのは寝てる時のおまえだ。修学旅行中に、おまえの暗殺計画が持ち上がったのを知らんのか」

「ナカガキの言うとおりだ。起きてる時もうるせえしな」

チェックインカウンター前でうだうだと騒いでいると、受付の初老男性がコホンとひとつ咳ばらいをした。俺たちはいそいそとカウンター近くのソファに移動し、日本の国技であるじゃんけんで決着を図る。

「負けた二人がロックと同じ部屋だ、いいな？」

「ねぇ、ナカガキ、二人部屋にロックを追いやったほうが犠牲者は少なくて済むんじゃない？」

「カイワレ、もっと頭を使え、それだと一人だけかわいそうだろ」

「それもそうだねぇ」

「おい、おれに選択権はないのか」

「ロック、おまえはレフェリーを頼む」

「じゃんけんにレフェリーいらねえだろ！」

「うるさい！　いくぞ、じゃーんけーん、ぽんっ」

振り下ろされた四人の手は二者二様《にしゃによう》の形へと姿を変え、俺とダザイは無骨に握り締めた拳でそのままガッツポーズをし、芸術点の高いハサミを作ったサンボとカイワレは膝から崩れ落ちた。

「サンボ、カイワレ、これが日頃の行いの差だ。心に刻め」

「二人とも、そのチョキ、角度や形はよかったぞ。でもな、じゃんけんは美しさじゃねえんだわ。相性なんだわ」

「あぁ……成長ホルモンの分泌が……」

「不正だ！　再勝負を要求する！」

「いや、不正はなかった」

「ロックてめえ、なにちゃっかりレフェリーやってんだ」

「お静かにお願いします」

レフェリーの裁定と受付のおじさんからの注意によって決着がつき、俺とダザイは小躍りしながら部屋へと向かった。その後ろではロックがじゃんけん必勝法についての講釈を垂れ、今夜の犠牲者たちのストレスを順調に貯めていた。

＊

深夜、なにやら不快な騒がしさが束の間の休息を破る。ロックのいびきかとも思ったが、奴は隣の部屋だ。「ええい、やかましい」と目を覚ますと、どうやら廊下で誰かが騒いでいるようだった。

こんな夜更けに、こんな閑静《かんせい》な宿の廊下で騒ぐとは、たいそうな不届き者である。しかし、この騒ぎの主は、酔っぱらった出雲の神かもしれない。

そう考えた俺はこっそりと扉に近付き、聞き耳を立ててみることにした。

「坂田たちはどうした」

「先ほど、仕事が忙しいため宿をキャンセルしたと連絡がありました」

「五人ともか⁉」

「はい」

「これだから有職者はダメなんだ。それに、連絡は俺にも寄越すように伝えておけ。ホウ・レン・ソウだ、ホウ・レン・ソウ！　社会人の基本だろうが！」

この声、松井とそのお仲間のものである。「なんだ、また月滅会の連中か」と呑気に欠伸を漏らしてみたが、これは大変なことだ。あんな変態集団が同じ宿に泊まっているなんて、神のご加護が八百万あっても不吉である。

脱出計画を練るため忍び足で寝床に戻ろうとすると、聞き捨てならない言葉が耳に飛び込んできた。

「まあいい、そろそろ月曜日を捕まえに行くぞ」

俺は踵を返し、再び耳を扉に押し当てた。待て待て、月が完全に満ちるまではまだ時間があるはずだ、とも思ったが、よくよく考えてみれば熾烈《しれつ》な獲得競争を勝ち抜くためには、先んじた行動が肝要《かんよう》なのは間違いなかった。

「夜が明けるまでに巫女ごと奴をひっ捕らえる。ほかの奴らにも連絡しておけ」

これはまずい。一番過激な連中に先を越される。

俺は廊下が静かになったのを確認してからダザイを急いで揺すり起こし、寝ぼけ眼の爆発頭《ばくはつあたま》に今の状況を説明した。

「――てなわけで、俺たちも出雲大社へ向かうぞ」

「……髪だけ整えさせてくれ」

「なるべく早く頼む」

「……無茶言うな」

ダザイの爆発頭を整地するには、米を早炊きする程度の時間がかかる。俺は神鏡として譲り受けたコンパクトミラーをダザイのクッション染みた毛髪に乗せ、サンボたちを起こしに向かった。

「起きろ、おまえら……って、うるさ」

隣の部屋に入るとロックの奏でるエレキギターのようないびきが、やたらめったら反響していた。こんな場所では、一日二十分の睡眠で平気とされるキリンでさえ寝不足になる。

騒音満ちる仄暗《ほのぐら》い闇の中から俺を窺うのは充血したふたつの眼、魔界の門番のような殺気立った気配。眠りを妨げられたサンボが、こちらを睨んでいた。

「起きてるよ。こんな夜中になんの用だ」

「ああ、すまん、その……すぐ出る準備だ！　出雲大社に向かうぞ」

「あんまり生意気なこと言ってると、毎晩おまえんちでロックを寝かせるぞ」

寝不足のあまり怒髪天《どはつてん》を衝きに衝いているサンボが物騒なことを抜かしてくるので、懇切丁寧に事情を説明した。俺の誠意が伝わったのか、もしくはこのライブハウスのような空間にいるよりはマシだと感じたのか、サンボはのそりとベッドから出てきてくれた。

「ここがネット上だったら、絶対にあいつをぼこぼこにしてた。現実空間に感謝するんだな、この失恋パイロットめが」

「まあまあ、そう猛《たけ》るな。電子の海を統べるインターネットポセイドンの名が泣くぞ。

そういえば、カイワレはぐっすり寝てるじゃないか」

「こいつ、いつでもどこでも寝られるように、高級耳栓を持ち歩いていやがったんだ。膨らんだ筋肉のわりに小賢《こざか》しい奴だぜ」

　高級耳栓を着け、さらにその上から耳を覆うようにタオルを巻いて熟睡するカイワレを恨めしそうに睨むサンボ。気持ちよく寝ている二人に今にも跳びかかりそうだったので、先手を打って俺が二人を叩き起こした。

＊

　外に出ると月滅会の奴らは誰もおらず、俺たちは人も車も見当たらない神門通りを北上した。

　一人を除き、みな一応仮眠を取れていたので、欠伸をふわふわと浮かべるだけで済んでいたのだが、その一人、つまりサンボだけは今にも発狂して近くを流れる堀川《ほりかわ》に身を投げそうな雰囲気をぎらぎらと醸しだしていた。

「帰ったら絶対三十時間寝てやる。そして、夢の中でも寝てやるんだ」

　小一時間ほど遊んだあとのジェンガくらい不安定な情緒を抱えたサンボを連れ、出雲大社前駅の近くまで来ると、またしても瘴気ともいうべき空気が駅前に充満していることに気がつく。

「これは……」

だが、時すでに遅し、全身がどっぷりと瘴気に浸かっていた。

そこには件《くだん》の官僚率いる黒スーツ軍団が警戒態勢を敷いており、月滅会と七曜の会が一触即発、もしくは爆発済みといった様相で睨み合っていたのである。

「おやおや、ナカガキさんではないですか。ここまで来るとは、やはりあなたには見所がある」

羅宇煙管《らうきせる》を咥《くわ》えた高貫がこちらに気付き、憎たらしい笑みを投げかけてくる。その笑みは街灯の少ない出雲の闇を切り裂き、俺の堪忍袋の緒をめがけて正確に飛んできた。実に腹の立つ男だ。洒落た羅宇煙管も煙を発していないところを見ると、ただ口寂しくて加えているだけのようでよけいに腹が立つ。禁煙区域でなんと紛らわしい所業。なによりも、肩に掛けられた高級旅館の銘が入ったタオルが鼻について仕方がない。

「そんな、なんのPRにもならない見所いらんわ」

荒ぶる感情をやっとのことで抑えて声を発すると、俺の美声に反応したのか、無精ひげの松井も人混みの中から現れた。松井はぎゃあぎゃあと椋鳥《むくどり》のように鳴き喚き、官僚長田氏は厳戒な視線を俺たちにまで向けてきた。

「なんてこった。疫病神《やくびょうがみ》が勢揃いじゃないか」

「誰が疫病神だ！」

「ずいぶんと失礼ですね……」

「やかましい。俺の行く先々で公害紛いの瘴気を垂れ流しやがって。もううんざりだ。俺は俺の人生を取り戻すためにここまで来た。道を開けろ！」

今まで逃げてばかりだった俺が、急に正面切って反論してきたことに面食らったのか、松井は口ごもり、官僚たちも呆然と立ち尽くすばかり。水を打ったように静まり返る中、一歩前に出てきたのは高貫だった。

「なるほど。理由はなんであれ、どうやらあなたも月曜日を求める一人らしい」

高貫は満足したように頷き、刻み煙草の入っていない煙管を懐にしまうと、今度はそこから卓上サイズのカレンダーを取り出した。

「しかし、もう遅い」

高貫の取り出したカレンダーの上では、日曜日と水曜日に挟まれた火曜日が細く、薄くなっていた。

「またひとつ、曜日が消えかけています」

高貫はそう言って、天を仰ぐ。

「月呼びの巫女が、今まさにそれを救おうとしている。彼女はようやく決心したのです。今あなたに近寄られると彼女の心が再び乱れてしまう」

「なに言ってんだ、おまえは」

「彼女はあなたじゃなく、巫女としての役割を選んだのですよ」

「おい、ナカガキ。いったいなんの話だ」

「俺にもわからん」

ふぅと息を吐いた高貫は「わからん、ですか」と額を手で押さえ、厳《おごそ》かな声を駅前に響かせる。

「みなさん、私は大社へ向かいます。彼らを捕らえなさい！」

高貫の合図で赤シャツを纏ったモノノケたちが、こちらに向かって地面を蹴った。

それを受け、残りの二グループもとっさに声を上げる。

「おい、おまえたちも追え！　あの男を七曜の連中に渡すな！」

「相川さん、私たちも追いましょう。高貫の監視はA班、松井の監視はB班が行ってください」

「ちくしょう。いったん、南に下るぞ！」

俺は背後の阿呆どもに声をかけ、そのまま駆けだした。

＊

なぜ神様の見守る地でこんな憂き目に遭わねばいかんのか、試練にしては趣味が悪すぎる。日本の神界は貧乏神や疫病神が、いささか幅を利かせすぎではないだろうか。

「なんでこんなに走らなきゃならんのだ！　もう二十六だぞ、オレたちは！」

怒りが逆流し、滂沱《ぼうだ》の涙となって溢れ出したサンボは濡れに濡れた声で訴えかけてくる。その声に足を滑らせそうになるが、俺はなんとか踏みとどまり空に叫ぶ。

「ど阿呆が！　二十六が駆けまわってなにが悪い！　偏見を捨てろ！　足をまわせ！」

嗚咽《おえつ》を漏らしながら汚い汗も垂れ流すサンボと他三人を引き連れ、先ほどまで寝ていたロッジを横目に大きな白鳥居がむっつりと生えている五叉路《ごさろ》を宇迦橋《うがばし》方面へ南進する。

中堤防で仕切られた堀川に架《か》かる宇迦橋を渡り、南詰《みなみづめ》から少し行くと交差点に差しかかった。赤信号の向こうでは、出雲阿国《いずものおくに》像が俺たちを待っていたかのように硬い表情で歌舞《かぶ》いていたが、信号が変わるのを待っている暇もないため、そのまま色褪《いろあ》せたコンビニに沿うように右に折れた。左手に聳える道の駅「吉兆館《きっちょうかん》」に睥睨されながら、息を切らしてご縁橋を渡って地平線を目指す。という素振りを見せてから橋のたもとで急旋回をし、橋に隠れるように延びる小道へと逃げ込んだ。

堀川沿いの小道をこそこそと進んで行くと、現代風な建物が闇の中から現れた。近くにつまらなそうに立っている駐車場案内板曰く、どうやらこれは図書館らしい。弧を描くような形の建物をぐるりと半周すると、開けたバスの停留所が見えた。振り返れば静寂のみが横たわり、奇抜なTシャツを着た妖怪どもはいない。

追手がいないことに安堵したのも束の間、停留所に出ると黒スーツの軍団が理知的な顔に汗を滲ませて待ち構えていた。

「見つけましたよ」

軍団を率いるのは昼間に国立天文台で出逢った慇懃無礼が服を着たような銀ブチ眼鏡の官僚、長田氏である。どうやら、先ほどの五叉路を南進せずに堀川沿いに東に進んでいると、ここに出るらしかった。見事に先回りされた形だ。こんな夜中に頭脳プレイとは、さすがはエリートといったところか。

「おまえら、官僚だろう。公務員だろう。夜は休め」

「国の一大事ですからね。眠ってなどいられませんよ」

「寝ろ！　文化的で健康的な生活を国民に示せ！　これだから月曜日が消えちまうんだ！」

図書館内の静けさが駐車場まで染み出す午前五時前。図書室育ちの黒スーツ軍団を前に、阿呆一行はアウェイマッチを余儀なくされる。

「ここから走っても逃げきれないぞ、ナカガキ。というかオレはもう走りたくない……」

「わかってる。どうにか逃げ道を確保しないと」

「おい、おまえわかってねえよ。走る気だろ！」

「おまえら、間違っても殴ったりするなよ。公務執行妨害やらなんやらで大変なことになるかもしれん。ロックンロールと暴力は、似て非なるからな」

万年床育ちのサンボが息を切らしながら不満を漏らし、ジャングルジムを昇り降りしていたら義務教育を終えたロックが至極現実的なことを気にしている中、不敵に鼻を鳴らしたのはジャングルジムと図書室のハイブリッド男児ことダザイであった。

「妙案がある」

一歩前に出るダザイ。彼の背中に滲むのは覚悟などという綺麗なものではなく、寝ているところを叩き起こされ、よくわからないまま走らされたという怒りと、アラサー男子特有の脂《あぶら》を含んだ汗である。

「ダザイ、なにしてる。捕まるぞ！」

「やかましい」

堀川を滑るように抜けてきた夜風が俺たちの脂汗を冷やし、寝癖にまみれた髪をなびかせる。ダザイの髪は、寝癖なのかそうでないのかわからないほどに天パであった。

そして、その髪質ゆえにあまりなびきもしなかった。

「おい、その眼鏡、曇っていてなにも見えてないんじゃないか？」

「これはまた、ずいぶんな物言いですね」

ダザイの失礼な発言に、憤りをチラ見せしながら慇懃無礼に応えてきた長田氏。彼は取り出したハンカチで額の汗を拭うと、細く息を吐きだした。

「そちらこそ、なにも見えていないんじゃないですか？」

「なんだと？」

「曜日が消え、記憶が消え、現在世界中がパニックに陥っている。この事態は早く収束されなければならない。だと言うのに、あのカルト集団も、ニートたちも、あなた方も、勝手なことばかり――。いいですか、月曜日は我々月曜日消失対策委員会が捕獲します。国民に不安を与えないよう厳重に管理、隠匿し、何事もなかったかのように今までの社会を取り戻してみせます。ですから、これ以上騒ぎ立てないでください」

「無理矢理丸く収めるのが正義か？　なかったことにするのが正解か？　違うだろう」

互いの目元を飾る銀色のフレームが、雲間から滑り落ちてきた月光に照らされてギラリと輝く。

「行け、みんな。ここはぼくが食い止める」

「ダザイ、おまえ……！」

「いいんだ、ナカガキ。このセリフ、一度言ってみたかった」

「この漫画脳めっ！」

「なんとも子どもくさいことを……」と、長田氏は呆れたようにため息を吐く。

「その歳になって、アニメ、漫画、ゲーム。大人なら、もっとほかのことを趣味にしたらどうですか？」

嘲笑《あざわら》うかのような長田氏の発言を受け、ダザイのこめかみがぴくりと動く。

「……おい、それどういう意味だ」

「ですから、そんな子ども染みたつまらないものではなくですね——」

「アニメ、漫画、ゲームがつまらなくなったんじゃない。おまえがつまらない大人になっちまっただけだろう！　違うか！」

こいつがここまで憤っている姿を見るのは、高校からの長い付き合いでも初めてである。咆哮を終えたダザイは、「これを持っていけ」と先ほど貸したコンパクトミラーを俺に投げつけ、再び吼えた。

「進め、ナカガキ！　ぼくはこの馬鹿野郎に、お灸を据えなきゃ気が済まない！」

「お、おう……！」

少年漫画の主人公並みに熱血しているダザイを一人残し、俺たちは走った。

漫画の中なら仲間が心配で振り返ったり、「俺も残る」だの一悶着《ひともんちゃく》あるものだが、俺たちはそんなことをせずに一目散に停留所をあとにした。今のダザイなら、官僚の一人や二人を食い止めるのは容易《たやす》いと判断したからだ。国家公務員に楯突くのが怖かったからではない。本当である。

しかし、ダザイの心意気はあっぱれだ。俺も帰ったら久しぶりに漫画でも読んでみよう。きっと、失くしてしまった少年の気持ちを取り戻せるはずだ。

＊

バス停留所の脇にある町の情報センターを左に折れ、その後アパートに侵入するような形で市立中学校のわき道へと飛び込んだ。テニスコートを右手に眺めながら、細いわき道を不気味な集団を率いて駆け抜ける。

結局のところダザイが食い止められたのは長田氏だけであり、相川さんを筆頭とする残りの黒スーツ軍団は全員ついてきていた。

「おい、あいつはいったいなにを食い止めたんだ⁉　一人減っただけじゃねえか。あの咆哮はなんだったんだよ」

「ダザイは武闘派じゃないからねえ。ところで、ナカガキ。次はボクが残ろうか？」

「つ、つぎは……オレが、残る……オレが、ぐふっ……食い止める」

「おいおいロックンロールが過ぎるぜ、おまえら。よし、次はおれが残ろう！」

「なんでおまえら積極的に離脱しようとするんだ！」

数少ない我が同胞たちは走り疲れたのか、とにかくダザイの真似をしようと試みていた。

たしかに、ここで離脱すれば大人として少々恥ずかしい怒られ方をするだけで、すぐに休息は取れるであろう。もしかしたらダザイも長田氏とすでに和解し、自動販売機でお茶でも買って休憩しているのかもしれない。だとしたらあの咆哮は本当になんだったんだ、という話になるが、なくはない話である。

一抹の不安を抱えながら学校の敷地に沿うように駆けていると正門にたどり着いた。夜の学校だというのに少々騒がしい。闇に目を凝らすと、正面の細道から黒スーツの男女が数人駆けてくるのが見えた。

「げぇ！」

驚き、急速反転をするが、当然の如く後ろからは相川さんたちが迫る。

「もう……はぁ……逃げられ……ませんよ」

学び舎の前というアウェイな環境が続く中、学びを極めた大人たちに挟み撃ちに遭ってしまった。相川さんは綺麗な黒髪が汗で額に張りつき、頻りにそれを手で払おうとしている。

一方、我が陣営では汗と涙で顔がしっとりとしているサンボが、肩を揺らしながら息を整えていた。彼はわざとらしく大きく一呼吸したあと、からからに乾いているであろう喉を鳴らした。

「……やっぱり、オレが残るよ」

泣きながら走ったサンボはようやく情緒が落ち着いたのか、いやに冷静な口調で殿《しんがり》を買ってでた。嫌な予感が脳裏をよぎる。

「おいおい、大丈夫かよサンボ。おれが残ってもいいんだぜ」

「いいんだ、ロック。涙は男を強くする。そういうことだ」

「え、ああ、そうだな」

どうやら変な方向に落ち着いてしまったらしい。まるで失恋後の女子高生のような達観《たっかん》ぶりである。このままでは帰り道の文房具店で大人びた日記帳を買って、とても恥ずかしいポエムでも書きかねない。

そういえば、楓はあのポエム集をどこにやったのだろうか。

妹の黒歴史に想いを馳せていると、危うさが全身に滲んでいるサンボが一歩前へと歩み出ていた。

「相川さん」

「は、はい」

「あなたに伝えたいことがあるんだ」

「は、はあ……なんでしょうか……」

目の据わったオタク然とした男に突然話しかけられてびっくりしたのか、相川さんは驚きの速さで二、三歩後ずさる。

「相川さん、俺はドッジボールでは迷わず内野を選ぶ男だ。安全地帯である外野などには逃げやしない。あなたとは言葉のキャッチボールではなく、愛のドッジボールをしたいと思っている。ドッジボールでは顔面セーフが世の通説だが、俺はあなたの顔面に思わずアウトだ。付き合ってください」

「……は？」

「おい、どうしたサンボ。酸欠で脳細胞が過呼吸を起こしたか」

「だまれ、ナカガキ。女子は足が速い男とドッジボールが強い男に首ったけであると、相場は決まっているんだ」

「おまえはいったい小学何年生なんだ」

「サンボ、ロックンロールと無謀を履き違えるな」

「ドッジボールは球を避けるスポーツだしねぇ」

「もうっ、うるさいな！　三人で一斉に茶々を入れるんじゃない。これはオレなりの愛の告白なんだ！　雁首《がんくび》を揃えて黙って聞け」

「どこまで迂遠な告白だ。そこまでオブラートに包んだら、もう中身の味がしないだろうが」

「味がしないように包むんじゃないか！」

「限度がある。胃で溶けん」

「ナカガキの言うとおりだよ。告白なんだから包み隠さず伝えないと！」

「じゃかましい、このラブマッスル！　色恋まで力技か。慎みを持て！」

想い人に気持ちを伝えようと敢行されたサンボの告白は、相川さんの清水《きよみず》のように澄んだ心に工業廃水的トラウマを流し込むことに見事成功した。また、それを聞いていた俺たちの心もわずかばかりの傷を負った。言葉は人を傷つけると義務教育でさんざん教わったが、その本当の意味がようやくわかった気がする。

傷付いた俺たちをよそにサンボはすぐさま気を取り直し、相川さんへと向き直る。なにを今さら照れているのか、自身の頭を軽く搔きむしると「まいるぜ」と一笑した。

「愛は、言葉じゃ伝わらねえか」

言葉にもできていないのである。

それにこいつは、相川さんの見目麗しい容姿と官僚というステータスに惚れただけだ。なんて底の浅い愛であるか。近くを流れる堀川のほうがよっぽど底が深い。

「愛は拳で語るもの！　ロシアの大地で鍛え上げたオレの拳、受けてみろ！」

赤子も嘲笑《ちょうしょう》する生き様を、まざまざと見せつけてくるこの男。両の拳は固く握られ、恥で塗り固められた己が人生を象徴しているようでもある。

「すみません。私、ジーンズにイカゲソを詰めている男性は、ちょっと……」

そう語る相川さんの声は錯乱状態のサンボには届かず、ひらひらと虚空に舞った。

しっかりと聞き届けてしまった俺は零れ落ちそうになる涙を抑え、こっそりサンボの尻ポケットから無添加イカゲソ（目測九〇グラム）を引き抜いて、彼の背中を押した。死に際ばかりはイカ臭くないようにという、いくばくかの配慮だ。

「サンボ。よくわからんが、怪我するなよ」

「ああ、惚れた女に怪我はさせねえよ」

カンフー映画よろしく鼻をこするサンボ。しかし先ほどの相川さんのバックステップの速さを鑑《かんが》みるに、どうも武道を嗜んでいるに違いない。つまり、サンボはもうダメだ。なにせ彼は、自室から出ることすら億劫《おっくう》がる引きこもりだ。万年床にフィットするようにたるんだその身体のうち、引き締まっている部分は日々無為にタイピングを続ける十指のみである。加えて、彼の繰り出すロシア徒手格闘術は通信教育で身に付けたという代物《しろもの》ゆえ、その実践経験はラップフィルムも驚きの薄さに違いない。

「ねえサンボ、本当に大丈夫？　なんか、順序とかいろいろ間違えてない？」

「順序がなんだ。恋はすべてに優先するんだ」

「ええ……」

「ちょっとしたホラーだぜ、これは」

「いいから行け。少しは、格好つけさせてくれよ」

「わかった。多少は頑張れ」

特に格好もついていないサンボをそのまま贄《にえ》に捧げ、残りの三人は後ろに一瞥もくれずにすたこらと逃げだした。横っ腹の痛みに耐えながら雑貨屋、日本家屋、歯科医院の前を順に駆け抜けると、結局神門通りへと舞い戻る。

学校の正門から走り去る時、涙の落ちる音がしたが、あれは失恋の涙のような綺麗なものではなかっただろう。とかく、打撃とは痛いものだ。

友の敗北を確信しながら神門通りを北上していると、またしても後ろから声をかけられた。

「よお、探したぜ」

*

「あんた、なにやってんだ」

「それはこっちの台詞だ。ちょこまかと逃げ回りやがって。道の駅あたりから完全に見失っちまった」

ぜぇぜぇと肩で呼吸する松井は、「もう歳かな」と少し弱気な言葉を漏らした。

「なぜ俺を追う。七曜の会と直接対決でもしていればいいだろう」

「なんでおまえを追っているのか、俺にもいまいちよくわかってない」

「なんじゃそりゃ」

「でも、おまえを放っておいちゃいけない気がするんだ」

「こんな夜更けに、こんな無精ひげのおっさんに口説かれるとは、俺はカリスマキャバ嬢としての才能があるのかもしれんな。それで一旗揚げようとは思わないが」

「はっ、抜かせ。このモテ男」

「こんなモテなど望んじゃいない」

「まあいい。本題だ」

松井はそう言うと、汗でひたひたになったTシャツの袖で額の汗を拭い、眼光鋭くこちらを睨んだ。松井の傍らに生える背の高い松の木が、小夜風《さよかぜ》でガサガサと不気味に揺れる。

「月曜日を生き返らせはしない」

その眼光の鋭さと力強い物言いからは、無精ひげに隠れて今まで見えなかった彼の覚悟が見て取れた。こいつにも角砂糖ひとつぶんくらいの覚悟はあるらしい。

だが、怯んでなどいられない。ここで退いたらかわいい妹の振袖は、彼女との約束はどうなるのだ。

「あんたの言いたいことはわかる。月曜日が憎い気持ちだって、わからないわけじゃない。でも、俺は月曜日がいないカレンダーを見ると無性に腹が立つんだ。ずんぐりむっくりで実に窮屈《きゅうくつ》そうだ。俺はあんなカレンダーを見ながら生きていくつもりはない！」

「カレンダーの見栄え如きがなんだ。月曜日がいたあの忌々しい日々を思い出せ。社会はそんなに甘くないぞ！」

「やかましい！　俺は甘党でもなんでもないわい！」

「青臭えこと言ってんじゃねえ！」

「おまえこそ、枯れたこと言ってんじゃねえぞ！」

目の前の髭野郎の腑抜けた言葉や横暴さ、だらしなさは、それでもわからないわけではなかった。俺だってきっと、彼のようになる可能性を多分に秘めているのだ。

だとしても、今の俺は彼を否定しなくてはならない。

「あんたは無精ひげについた、蜂蜜のように甘い怠惰さを舐めているがいい。そして、心が糖尿病になってしまえ！」

「なにを！」と、松井は一歩歩み出る。

「俺だって昔は毎朝ひげを剃っていたさ！　俺がこんなぼさぼさの無精ひげを生やすようになったのも、全部月曜日のせいだ！」

「まただ。また月曜日のせいだ！　そうやって俺たちは繰り返すのか。なんの罪もない日々に罪をなすりつけ、自分は悪くないと主張し、自分たちの毎日を殺していくんだ！」

自分でも思った以上に声が出てしまい、驚いた。こんなに大きな声を出したのはいつぶりだろうか。咆哮じみた声に呼応して、燻っていた主人公願望にも完全に火が灯る。

「俺は生きる！　もう誰かのせいにはしない。恋も、仕事も、遊びも、夢も、なにもかも。自分の人生を生きる者には、主人公を志す者には、週六日では短すぎるのだ！」

「なぜだ、なぜそこまで熱くなれる。おまえも自分の人生に絶望していた人間のはずだろう！」

「たしかにそうだった。でも、眩しすぎて見失っていたものたちが俺を変えてくれたんだ。それはかつて憧れた輝かしい人生、成長した妹の晴れ姿、そして、――惚れた女の存在だ！」

大地を踏みしめ叫んだ言葉は、半年前には絶対に出てこなかったものだろう。今だって、恥ずかしくないと言えば嘘になる。しかし、言わぬもまた嘘なのだ。

「やっぱりおまえ、青臭えよ」

俺の告白に一瞬ぽかんとしていた松井だったが、突然、堰《せき》を切ったように笑いはじめた。

「青臭すぎて鼻がひん曲がっちまう。いいか、好きな女のために世界を救うなんて幼稚で馬鹿な人間のすることだ。それに、おまえは俺と同じ種類の人間だ。手を伸ばしたところで、なにも掴めない人間だ。だから、誰も言わねえのなら、この俺が言ってやる！　おまえに主人公は似合わねえ！」

奴の言葉は俺の鳩尾《みぞおち》を強く打ち、その衝撃に俺は膝を折りかけた。似合わないなんて、そんなことは自分が一番よく理解している。額にでかでかと「不相応」と刻んでもいい。なんなら役所に「不適格です」と届け出てもいい。

そうは思っていても、やはり他人に言われるのはひどく堪える。

「ナカガキ、大丈夫？」

「ちょっと泣きそう」

少々弛んだ涙腺を押さえようと左手首を目元に押し当てると、なにやら硬いものが眉毛を擦った。赤い糸が巻きつけられたそれは、少しの痛みとともに、太平洋一杯ぶんの勇気をくれる代物だった。

「やっぱ大丈夫そう」

「ナカガキも情緒不安定だねえ」

「恥ずかしながら、思春期がまだ終わっていないみたいだ」

奴の言うとおり、俺の願望はなんとも幼稚で馬鹿げたものだ。

だからこれは、けじめである。平穏だった毎日に唾を吐き、能動的に安定を求めている振りをし、ヒロイン候補に愛を告げることもなく、言い訳街道を逃げ回ってきた、だらしなく情けない自分と決別するための聖戦である。

「聞け、松井。今宵ばかりは幼稚で結構、馬鹿でも本望。月曜日を救い、平凡でくだらない世界を取り戻し、彼女との約束を果たす。それが、かつて主人公に憧れた俺が成すべき坂本龍馬的偉業なのだ。わかったら道を開けてくれ。わからんでも道を譲ってくれ」

「意味のわかんねえことばっかり言いやがって。俺は必ずこの世界から月曜日を消し去ってみせる。こうなったら実力行使だ」

松井が右手を挙げると、背後に広がる闇から黒シャツの手下たちがぬるりと溶けだしてきた。闇に浮かび上がる彼らの顔はどれも疲労困憊《ひろうこんぱい》といった様子で、睡眠が足りていない者の枕元に現れる妖怪と言われれば、即時納得してしまうように思われた。

「妖怪を付き従えるとは、いよいよ小悪党じみてきたな」

「うるせえ！　てめえら、こいつをひっ捕らえるぞ！」

彼の背後の黒シャツ軍団が「おー……」とだらしない雄叫びを上げ迫る中、俺の背中の闇から現れたのは、日本八百万の神の中でももっとも勉学的偏差値の低そうな筋肉の神様であった。

「ナカガキ、主人公ならラスボスを倒さないとね」

「カイワレ……！」

「行って、出雲の寺へ」

「おう！　おまえのその筋肉だけは信用できる、頼んだぞ！」

そう言って叩いたカイワレの背中は厚く雄々しくたくましく、肉体的偏差値でいえばエリートといって差し支えなかった。そんな彼の身体に俺は柄にもなくときめいてしまい、なんだか無性に悔しくなったり、羨ましくなったりした。

また、そのあまりにも威風堂々とした佇まいに「目の前にあるのは神社だよ」と訂正することなぞ、到底できやしなかった。

「今は亡き我が盟友がこう言った、恋はすべてに優先する」

「あぁん？　それがどうした――」

「では、アディオス！」

「あ、おい！　逃げんな、卑怯者！」

「だまれ、中ボスは中ボスらしく途中で沈んでいろ！　カイワレさん、やっちゃってください！」

俺の声を受け、カイワレは太く強そうな上腕をすっと掲げた。黒シャツ軍団がそのかっこいい筋肉にたじろぐ。これが彼女を有する男が発するオーラである。俺にないものである。

敗北の気配を微塵も感じさせないカイワレさんに黒シャツ軍団を任せ、ロックとともに、神門通りの石畳を二、三歩蹴ると、ひんやりと冷たい風が頬の汗をふわりと撫でた。

もう秋か。熱燗《あつかん》でも舐めながら読書に勤しむのにちょうどよい季節だ。しかし、帰ったらまず最寄りのスポーツジムに顔を出してみよう。身体をムキムキに鍛え上げたら、カイワレのように人生のヒロインを射止めることもできるかもしれない。

うむ、そう考えるとスポーツの秋も悪くない。

＊

令和を祝う貼り紙に装飾された神門通りを駆ける。残っているのは俺と、先ほどからやたらと静かなロックだけ。月滅会の輩はカイワレに一任したが、追手が来ないところをみると、どうやらあのかっこいい筋肉で押しとどめてくれているみたいだ。

やはり筋肉は正義である。

道がなだらかな登り勾配《こうばい》になってくると、出雲大社はもう目と鼻の先。島根県立古代出雲歴史博物館まで二百メートルという標識を左手に流し見てから右手にちらりと目を向けると、「島根ワイナリー」と書いてある紅い看板が立っていた。

ああ、もう何日酒を飲んでいないだろう。

空想的葡萄酒《くうそうてきぶどうしゅ》が鼻腔をくすぐっていると、突如ロックが声を上げた。

「これだ、これだよ！　そうだ、これじゃないか！」

「今まで黙っていたくせに急にどうした」と、俺はやおら振り返る。

「音楽だよ、音楽を聴いていたんだ！」

「音楽ぅ？　おまえ、よくもそんな呑気な真似を」

「思い出したぜ、月曜日の朝の憂鬱を。俺がロックンロールと呼んだ情動を！」

「そいつは結構だが……。もう魔王城の前だぞ」

指さした先には出雲大社の正門、勢溜《せいだまり》があった。

勢溜の大鳥居の前には不思議な儀式を行っている怪しげな男——もちろん、高貫である——が一人。その隣では凶器のように尖った肩パッドを装着した婦人が軽快なリズムで踊り狂っていた。

「なんだ、あれ」

「知らん。知りたくもない」

　俺たちが駆けまわっている間、こいつらはこんな馬鹿なことをやっていたのか。呆れてため息も出ない。だが、七曜の会最高幹部様がここで不毛なダンスに汗を流しているということは、月読命が未だ無事であることの証左であると言えよう。それがわかっただけでも、こいつらの謎の儀式には価値がある。

「おい、そこのイロメガネ」

「おや、捕縛の報告がなかったので、みなさん宿に戻って寝ているのかと思っていましたが――。今さらなんの用でしょう？」

「月曜日を救いに来た。文句あるか」

「おやおや、月曜日に愛も告げられぬあなた如きが、ですか？」

「やかましい。こちとら貴様らのようなお手軽で薄っぺらい愛など持ち合わせていないんだ」

　俺は力強く拳を握り、ずずいと前へ歩み出た。

「ずいぶん虚勢を張る。無理をしないほうがいいですよ。あなたは今までどおりの人生を生きればいいのです。月曜日を憂い、社会にこびへつらい、万年床に寝転がり、お酒で自分を誤魔化しながら、その生き様から滲み出た甘い灰汁でも啜っていればいいのです」

「たしかに今までの俺はそうだった。でもな、その情けなくて、潰れそうで、目を背けたくなるような今までを乗り越えていくからこそ、味わえる喜びがあるんだろうが。悩みも、苦しみも、涙も、嗚咽も、全て俺の人生を引き立てるスパイスだ。ゆえに、日々啜るのは灰汁なんかじゃない、唯一無二の高級出汁《こうきゅうだし》だ。おまえにはわからんだろうがな」

「ええ、わかりませんね。わかりたくもありません。そんなよくわからない汁を垂れ流す男を理解する暇があったら、私は彼女のために踊るでしょう」

　高貫が指を鳴らすと、背景に同化して控えめに踊っていた肩パッド婦人が再度激しく踊りだした。それに合わせて高貫も軽快なステップを踏みはじめる。

「おいおい、じいさん、そんな老体で踊って大丈夫なのか」と、ロックが気を配る。

「かまいませんよ。この世を愛で満たせるのなら、私は巫女のために踊り死ぬことも厭いません」

「こいつぁ……ロックンローラーだぜ」

「同調しはじめるな変態。高貫、あんたはいいからそこをどけ。彼女は奥にいるんだろう」

「行かせませんッ！」

今までに聞いたこともない強い口調。唾混じりの高貫の声が、出雲の夜を揺らす。

「先ほども申したでしょうッ。彼女はあなたではなく、巫女としての使命を選んだのです。あなたにこの鳥居は潜らせませんッ」

息も絶え絶えに叫ぶ高貫を見て、俺は疑問を抱いた。

「なぜだ、なぜあんたこそ、今さら俺の邪魔をする。俺から彼女を遠ざける。俺とあんたらの目的の根っこは同じはずだ。月曜日を救いたい、それだけだろう」

「だからこそ、今あなたに近付かれると困るのですッ」

「この頑固おやじが。いいか、俺は——」

俺が啖呵《たんか》を切ろうとした瞬間、緊張感のないバイブレーションが尻を揺らした。勢いを削がれた俺はしぶしぶスマホを取り出し、見覚えのある番号からかかってきたテレビ電話にかぶりを振った。

「すまん、ちょっと待っててくれ」

「おいおい、しまらねえな」

「わーってるよ！　はい、もしもし」

『先輩、助けてくださいよぉ』

画面の向こうでは、パステルブルーのヘッドフォンを付けた端正な阿呆面が泣きじゃくっていた。

「無理だ。よし、切るぞ」

『ああ！　ちょっと待ってください！　生配信の視聴者が、視聴者の数がやばいんすよぉ』

「だからって俺にかけてくるな。今世界を救っている最中なんだ」

『だって、同接一万人ですよ。ぼくそんな有名じゃないのに。なんかコメントも荒れてるし。ポセイドンに呼ばれたとか、掲示板がどうとか……。ほら今も、汚いおっさんを映すなって……』

「おまえ、もしかして今、俺の顔も配信に乗せてる？」

『はい、ばっちり映ってます。あれ、というか先輩、今どこに——』

「あのな、インターネットに顔を乗せるリスクをだな」

顔が映らぬよう急いでインカメラを鳥居のほうに向け、説教をはじめようとした刹那、大きな風切り音が身体を叩いた。驚き、顔を上げども、風はない。音の鳴ったほう、無抵抗に吸い込まれた視線の先には、本殿の辺りから月まで伸びる青白い光の柱のようなものが屹立していた。

「なんだよ、あれ……」

「おいおい、こいつぁロックンロールがすぎるぜ」

『なんすかあれー！　ちょ、先輩、ほんとにどこにいるんすか⁉』

その光柱は不定形で、ゆらゆらと蜃気楼《しんきろう》のように揺らめいている。柱の外縁から剝がれ落ちた青白い光は出雲大社の敷地内に雨のように降り注ぎ、木や地面、有形のものに触れるとはらりと溶けた。

呆然と見上げる俺とロックをよそに、高貫と肩パッド婦人はまるでこの世の終わりかのような顔でそれを見ている。

「まさか、巫女が暴走を……？」

「どうやら……そのようですね」

「暴走⁉　ちょっと待て、彼女をそんな原子炉《げんしろ》みたいに言うな」

「こうはしていられません。みなさん、とにかく彼らを捕縛なさい！」

高貫は懐《ふところ》から煙管を取り出し、それを慌てて左右に振った。すると、草むらから赤シャツのモノノケたちが数人飛び出してくる。

「くそっ」

モノノケたちの勢いに半歩引いてしまった俺の肩を、鼻息荒いロックが叩く。

「ナカガキ、ここはおれに任せて先に行け。こいつらはおれがどうにかしとく」

「ロック、いいのか。一番面倒な奴らだぞ」

俺の問いかけに、ロックは空から零れた青白い光を全身で受け、力強く頷いた。

「ああ、問題ない。おれは今、最高にロックンロールな気分なんだ」

「そうか。それじゃあ、これも任せた」

俺はぎゃあぎゃあとうるさいスマホをロックの胸ポケットに突っ込み、爽やかにサムズアップした。

『先輩、ちょ、カメラが——！　あれ、鳥居が見える』

「とにかく行け、ナカガキ。いや、ミスターマンデイ！　月曜日を救ってこい！」

「おう、任せとけ！」

そうして俺は、ロックに背中を突き飛ばされて駆けだした。思いのほかロックが背中を押す力が強く、足が絡まりこけそうになるも、俺はここぞとばかりに踏ん張り耐えた。今ここでこけていたら、きっと次の金曜日に飲む酒は旨くない。

「おまえら、月曜日を覚えているか！」

失恋エンジンをブルンブルンと轟《とどろ》かせ、友は空に叫んだ。

そのあまりにも主人公然とした雰囲気に、俺の胸はたしかに熱くなる。

「忘れたとは言わせねえぞ！　月曜日が来るたびに感じたあの想いを、あの憂鬱を！」

熱気に押され、俺はさらに加速した。思えば出逢った頃からそうだった。主人公染みた暑苦しい雰囲気をぬらぬらと垂れ流す男だった。ヒロインもいなかったくせに。

「おれたちはそれを人生と呼んでいたはずだ！」

背後から強引な理屈が聞こえる。思えばずっとそうだった。その強引さで俺たちを日陰から蹴り出してくれる男だった。日に焼けて一番に文句を言うのはおまえだというのに。

「今ここで取り戻すんだ、おれたちの人生を！」

俺は振り返る。速度を落として後ろ向きで走りながら、俺たち阿呆の頭領の生き様を目に焼きつける。不敵に笑った彼は親指を立て、大きく息を吸い込んだ。

「それでは聞いてください。カーペンターズで、『雨の日と月曜日は』」

声高く歌いだすロック。夜と朝の狭間を揺蕩う出雲の町にカーペンターズの名曲が響く。

「な、なんですかこの変人は……」

俺は鼻を啜った。こんな友を持ったことをひどく恥ずかしく思った。腐ってもパイロットというだけあって、英語の発音が妙に上手いのが癪であった。

人心掌握《じんしんしょうあく》に長け、メンタルケアが得意そうな高貫がロックの歌に心惑わされ狼狽える中、駆けるには合わないその歌に背を押され、俺はひたすらに走った。

ひどく熱い、秋の日だった。

＊

下り参道に立ち並ぶ提灯《ちょうちん》や幟《のぼり》が視界の端にいくつも流れては消えていく。本来であれば境内《けいだい》はむやみに駆けまわってはいけないのだが、現在の俺は因幡《いなば》の白兎《しろうさぎ》たちも脱帽する、脱兎の如き健脚で石畳を蹴っている。身体の支配権が理性の者から情熱の者へと移ってしまっているのだ。

出雲大社の神主《かんぬし》殿、大国造《おおくにのみやつこ》殿、申し訳ない。帰りにお賽銭《さいせん》を弾むから許してほしい。

時刻はすでに午前六時。白と濃紺の水彩インクが滲むような朝空の下、一日中駆け続けた身体はランナーズハイをとうに超え、豪雨に晒され続けた自転車のように各部が軋《きし》んでいる。

ひどいものだ。ひどいが、これが俺の生き様なのだ。

高貫にああは言ったものの、たしかに俺の人生は失敗が積もりに積もり、その堆積《たいせき》層《そう》は高名《こうめい》な地質学者でも研究を投げ出す暗黒のものである。

だがしかし、今ここで重ねた失敗を活かさなくてどうする。ここまで豊かな肥料の上に、花鳥風月を愛する日本人として、花のひとつでも咲かせてみたいではないか。その花を愛で、彼女と語らい、笑顔で月曜日を迎えられるような人生を送りたいではないか。

「止まれるものか！　止まってなるものか！」

額の汗が眉間に大河《たいが》を形成し、その支流が眼球に塩湖《えんこ》を作ろうとしているせいか、非常に目が染みる。視界の確保もままならない。涙なのか汗なのか、はたまたそれらが溶け合った汚い汁なのか、得体の知れない液体が目尻から染みだして止まらない。

軋んだ身体を引き摺り、祓社《はらえのやしろ》、浄《じょう》の池《いけ》を横目にやっとの思いで祓橋《はらえのはし》を越え、ようやくまみえた鉄の鳥居の足元では七曜の会と月滅会、役人の残党に加え、半額シールが貼られていてもおかしくないほどにしなびたもやしの精が言い争っていた。

「おまえ、天文台の！」

「あら、あんさんは休憩所であった御仁ではないですか」

こちらに気付き、嬉しそうに相好《そうごう》を崩す聖。その身に纏うは日中の小汚い白衣ではなく、薄橙《うすだいだい》色の生地に白色で「平成」と大きく印字された、まさに時代遅れなデザインTシャツである。

「どうでしょう、助けてくれませんか？　彼らがなかなか通してくれなくてですね」

聖に指さされたカラフルな三人組は俺のほうに狩人《かりうど》の如き熱視線を向けつつも、獲物を同じくする互いを牽制《けんせい》し合ってか、なかなか動けずにいた。

「そんなもん知るか。それよりも、国立天文台の職員がなんでこんなところにいる。調布で星の観察をしていたはずだろう」

「いやー、あのあと腹痛を装って早退して、飛行機でサッと来たんですわ。父親に頼まれましてね。それに、神様を捕獲するなんて世紀の瞬間を見逃せるわけがないでしょう」

もやし男は細い首に埋まる声帯をカラカラと鳴らしながら笑う。ひょろりとした身体も相まってか、まるで月の裏側から観光で地球まで来た異星人のように思える。

「こんなわけのわからんことがあるから、人生はおもしろいんですなぁ！」

聖は勢いよく笑いすぎたせいか「げほげほ」と苦し気にむせ返り、その音で我に返った後ろの三連星《さんれんせい》が、ぴくりと筋肉を強張《こわば》らせた。

「捕まえろ！」

「のわっ！　押さんといてください！」

「邪魔だ！」

「ひゃっ！」

突如、大きな壁となりにじり寄ってくる三人の男たち。そいつらに首根っこを掴まれ、後方に投げ飛ばされる聖研究員。

絶体絶命である。

「もういい、真っ向勝負だ、こんちくしょう！」

さすがに大人三人を相手に大立ち回りできるような人生は歩んでいない。このままがっぷりよつにぶつかれば、脆《もろ》い氷柱《つらら》のようにぽきりと腰を折られ、簡単に押しつぶされてしまうだろう。身代わりに差し出せる友人も、もう控えがいない。ならば、あの技を使うしかない。

俺は両手をばさりと広げ、いかにも立ち合うぞという意気をまざまざと見せつけた。それを受けて、血気盛んな各組織の残党どもが四肢を投げ出しながら跳びかかってくる。

「くらえ、秘技！」

跳びかかる彼らの脇をうなぎのようなぬらぬらした動きで抜けると、彼らは勢いあまって地面に転がる団子と化した。もつれあう男たちから発せられる「ぐええ」という呻き声が、境内の神聖な空気を汚く震わせる。

「ざまあみろ！　これが俺なりの真っ向勝負だ！」

この技は高校の購買で丑の日限定で販売されていた、数量限定うな重弁当を見事獲得したダザイを羨み、阿呆四人がかりで彼を取り押さえようとした、「ダザイうな重防衛戦」に端を発している。かの戦闘においてダザイが見せた、奇跡的なまでにぬらぬらとした気持ちの悪い動きは、周囲にいた生徒に生涯うなぎを食べられなくするのに必要充分量のトラウマを与えたといわれている。

汗まみれで臭い団子を置き去りにすると、お次は男どもの汗で湯がかれすぎてしなしなになったもやし男が仰向けに転がっていた。

Tシャツに記された「平成」の文字がおあつらえ向きに天を向いている。

「ああっ！　踏まんといてください！」

「あばよ、平成！」

聖の亡骸《なきがら》を飛び越えると、俺はそのまま因幡の白兎像たちに見送られながら松の参道を駆け抜けた。道の脇にある令和を祝う幟が、ぱたぱたと風に揺れている。

やはり、過去は乗り越えるくらいがちょうどいい。

＊

包み隠さず言えば、いまや身体はボロボロという表現では収まりきらないほどに疲弊している。今すぐ心地よい場所で大の字になって寝たい。酒と美女の膝枕もあれば、なお完璧だ。

夢想の世界に呑まれそうになる中、限界を置き去りにして久しい手足をなんとか動かし、長い松の参道を抜け、ようやく手水舎《ちょうずや》の前まで差しかかる。

手水舎付近は光の雨がごうごうと降り注ぎ、辺り一面が青白く輝いていた。

光の靄《もや》の向こう、水盤《すいばん》の傍らには、綺麗に染め上げられた茶髪を風になびかせ、優雅に舞い踊る神衣の乙女が一人。その乙女は俺の存在に気がつくと「むっ」と声を上げ、茶色の瞳でこちらを見遣った。

「どちらさまでしょう」

振り返る神衣の乙女の顔は、中里さんに似ていた。だが少しばかり——女性にこんなことを言いたくないのだが、お年を召されていた。

「あんた、いったい何者だ」

俺は訝しげに問う。

「あんたって……。まあいいでしょう、貴方《あなた》の話は伺っております」

彼女は袖口から取り出した舞扇子《まいせんす》をばさりと開き、妖艶な動きで口元に当てた。

「私は七曜の君、アヤコ・センターヴィレッジ。七つの曜日を愛する者」

口上を述べた彼女はそのままぴたりと静止し、ちらちらとこちらの反応を窺った。反応がないのが不思議だったのだろうか。「あれ」と小首を傾げ、もう一度「私は七曜の君、アヤコ・センターヴィレッジ！」と繰り返した。

これは疲れ果てた俺に対する新手の嫌がらせだろうか。いくらか、腹が立った。

「ふざけた芸名しやがって。なにがセンターヴィレッジだ。それではただの中里じゃないか！」

俺はそこで、はたと顎に手を添えた。「芸名じゃありません！」と頬を染める神衣の女性は、どうやら中里アヤコというらしい。

「あんた、お母さんか！」

「あなたにお母さんと呼ばれる筋合いはありません！」

舞扇子をばさばさと振って反論する目の前の教祖様は、紛れもなく中里さんの母親であった。たしかに、少しだけ間の抜けているところや、見目麗しいところは彼女似である。いや、彼女が母親似なのか。

「お母さん、あんたの話は聞いてるぞ。なぜ彼女にあんな薄気味悪いことをやらせていた」

俺はいずれ会ったら問いただそうと思っていたことを、不躾に投げかけた。その問いを舞扇子でひらりと払った彼女は「ふぅ」と小さく息を吐き、静かに答える。

「娘もやりたくてやっていたわけじゃないのは、もちろん知っています」

「じゃあ、どうしてなんだ！　彼女は嫌がっていたんだぞ」

「あの子はあの子なりに使命感があったんです」

眉間をぎゅっと押さえた母親は、「なんでこんな阿呆にあの子は」と弱弱しい声を零した。

初対面でなんたる無礼千万か。だが、未来の家族に手は出せない。俺は指先まで注入されていた力をおもむろに抜き、拳を柔く弛緩させた。

「まあいい、ところで彼女は今どこにいる。暴走がうんぬん言っていたが、無事なんだろうな」

「娘は、月呼びの巫女は現在、月読との対話のため扉の向こうにいます。無事かどうかは定かではありません」

　妖艶な動きで指し示した方角には銅の鳥居が鎮座ましましており、その向こうにはかの光柱がぼうぼうと燃え盛っている。

「月曜日は個人と社会を繋ぐ扉。その扉が閉じられた今、本来の世界の流れは乱れてしまっているのです。いずれほかの曜日も、悪しき乱流に身を隠すでしょう。記憶も、感情も携えて」

「だからここまで助けに来たんだろう」と、意気込む俺を一瞥し、彼女は続ける。

「この光柱をご覧なさい。対話の中で同調が乱れ、月読の神通力が暴走したのです。おそらく巫女はこのまま神世に引き摺り込まれる。しかし、それは私たちの手に負えることではありません。神の意思なのです」

　そんなことも知らないのか、といった表情で彼女は苦々しくため息を吐き、背後に聳える光柱に身体を向けた。舞扇子に当たって溶けた光の雨が、ぼやぼやと彼女の身を包む。

「元来、月とは孤独な存在。太陽のように生《せい》を育むこともなければ、人に感謝されることもない。そんな月と唯一強く同調することができたのが、私の娘、月呼びの巫女」

「なんだ、彼女も孤独だったと言いたいのか」

「はい、そのとおりです」

「そんな馬鹿げた話あってたまるか！　彼女は、孤独なんかじゃ――」

そこまで言って俺は口を噤んだ。あの日見た彼女の泣き顔が強く想起されたのだ。

そうか、彼女はずっと孤独だったのか。そんなことにも気がつかず、俺はのうのうと彼女の横で頬を弛めていたのか。

自身の愚かしさに俯く俺に追い討ちをかけるように、教祖は再び言葉を紡いだ。

「あの子は、孤独でした。しかし、一度孤独から離れようとし、月読を裏切りかけたことがあります。神との同調は乱れ、教団も荒れました。あれももう、六年前の話」

「恋とは、だから恐ろしい」、そう語る背中に、俺は胸がきつく締めつけられた。

なんて酷い母親なんだと。

そして、なんて愚鈍な主人公なんだと。

「けれど最近、どうもまたあの子の様子がおかしい。以前と同じく、神降ろしも精彩を欠いています。月曜日が消えた、この大事な時に」

楽しそうに話す彼女。

悪戯っぽい笑みを浮かべる彼女。

人懐こく声をかけてくる彼女。

孤独とは無縁に思えた彼女の顔が、締めつけられた胸の内から溢れ出してくる。

「あなたのせいです、ナカガキさん」

そう言い、教祖は再びこちらを向いた。彼女の顔はむやみに張り詰めており、怒っているのか泣きたいのか、不器用な俺にはわからない。

「月曜日も、あの子も、孤独であることが正常なのです。だから、わかるでしょう？」

けれど、たしかなことがある。俺は確信を持って一歩踏み出した。

「あんたらと目的の根っこは一緒だと思ってたが、どうやらとんだ勘違いだったようだ」

「どういうことです」と、彼女は顔をしかめる。

「月読と彼女が同調したというのなら、そういうことだ。彼女の身に降りてきたことも、今彼女を引き摺り込んだことも、すべてがその証だ」

目の前のお偉い教祖様は「孤独であることが正常だ」とのたまった。はたして本当にそうであろうか。

即答しよう。否、断じて否である。

「月曜日は孤独を嫌っていたに違いない！　彼女もまた然りだ！」

俺は降りしきる光の雨を裂き、再び駆け出した。もういくつ潜ってきたかわからない鳥居を目がけ、最後の力を振り絞る。

俺を引き止めるように、教祖は手水舎の下からいっそう甲高い声を上げた。

「そんな強引な解釈、賛同できません。それに、今あの子を無理矢理にでも引き摺り出せば、月曜日はもう戻ってこないかもしれない。それでもあなたは行くのですか！」

「お母さん、これは今後のお付き合いのためにも知っておいて欲しいのだが」

疲れ果てた循環器に喝を入れ、俺は余裕ぶった笑顔で声を吐く。

「俺は、二兎を追って二兎を得る男だ」

午前六時ちょうど。夜の終わりと朝のはじまりが滲む時間。

俺は最後の鳥居を潜った。

*

鳥居の向こうに足を踏み入れると青白かった光の靄はいっそう濃くなり、すぐに視界を奪われた。まるで体調の悪い雲の中を歩いているようだと思いながら歩を進めていると、遠くのほうからざぶざぶと波の音が聞こえた気がした。

不思議に思いつつ歩を進める。波の音は徐々に大きくなり、気がつけば潮の香りさえしはじめた。鼻腔をくすぐるその匂いに、成人男性らしからぬ「へっくち」と花びら舞うような愛らしいくしゃみをひとつしたところで、地面がぐらぐらと揺れはじめる。

俺は目の前に薄っすらと見える拝殿に逃げ込もうととっさに足を動かしたが、次の瞬間には朱色の濁流に全身を攫われた。

「な、なんだこりゃあ！」

俺の身体を運ぶのは、火星から修学旅行に来たかのような生物の群れであった。体長一メートルはありそうなその生物は所憚らずぬめぬめとしており、表皮は好きな子と手を繋いだ中学生男子の顔くらい紅い。腹部から伸びる腕とも脚ともつかぬ触手は、ゆうに十本はあろうかと思われた。

そう、なにを隠そうイカである。とても大きなイカである。

「なんでイカがこんなところにいるんだ！」

俺の叫び声はイカの大群に呑まれてすぐさま消えた。開いた口に入り込もうとするイカたちを押しのけ、やっとのことで大群の天井を突き破り外の世界に顔を出すと、そこはぼやけた行燈《あんどん》が立ち並ぶ長い長い廊下であった。

橙色の光を垂れ流す行燈の間にはふすまが並び、たまに開いている箇所からは座敷席が窺えた。どうやら酒の場らしい。

「どうなってるんだ、いったい」

出雲大社にいたはずがいつのまにかイカの大群に呑まれ、ひどく大きな宴会場に来てしまったようだ。すこぶる奇天烈《きてれつ》で、世にも恐ろしい。

このままイカ隠しに遭ってしまうと思われた矢先、どこからともなく酒に焼けた声が聞こえてくる。

「鏡を出せ」

その声は反響しているわけでもないが、音の出所が曖昧なように感じられた。

「はよ鏡を出せ、二度も言わすな」と、語る声の主に俺は覚えがなかったが、尻ポケットに入っていた百均製の鏡を取り出し、パカリと開いた。まさに藁にもすがる思いだった。

「なんだ、このちゃちい依代《よりしろ》は」

鏡面を占めていたのは本来映るべき俺のハンサムな顔ではなく、鼻を赤らめて文句を言う住所不定なおっさんの面《つら》だった。もしやこれが今の俺の姿なのか。そう思うと眩暈がしたが、まさかそんなはずはあるまい。

「誰だ、おまえ」と、おっさんが映る鏡に話しかける。

「神に向かっておまえとはなんじゃ、この不届き者め。まあよい。儂は神産巣日神《かみむすびのかみ》が子、少彦名という」

「すくなびこな……？」

その名はたしかに聞いたことがある。

いや、聞いたことがあるどころではない。わざわざ狭い七畳の部屋に祀っているのだ。忘れるはずもない。

「そんなばかな！　酒造りの神がなんでここにいる」

「お主から此方《こちら》に来たんじゃろうが。元来ここは人が来ていい場所ではないというのに」

鏡の向こうの酒神は「はぁ」と酒臭い息を吐いた。百均製の鏡面が少しだけ曇る。

「由良比女に求愛なぞするから、ソデイカどもが張り切っておまえを運んでいるんじゃろうが」

「由良比女？　誰だそれは」

イカにお尻を撫でまわされながら俺は言う。

「一向に知らんぞ」

ぬめぬめした髪の毛を左右に振りながら否定すると、目の前の酒神は「なんと」と驚いた表情を見せた。

「らしいぞ。由良の使いたちよ」

酒神の一言でイカたちはざわざわとヒレをうねらせ、ひときわ大きな一匹が俺の手をがぶりと嚙んだ。

「痛った！　なんだこのイカたちは。素行《そこう》が悪いにもほどがある」

「今宵はちょうど月が満ちる時。由良比女に会いに、わざわざ隠岐から来たのだろう。道中見つけたおまえを手土産にな」

鏡の向こうでほくそ笑む酒神は「人違いだったようじゃが」と、徳利《とっくり》を傾けた。

「むやみに人を手土産にするな。蛮族《ばんぞく》みたいな輩だな」

「文明人様は神の行いにもケチをつけるのか」

徳利を一息に空にした鏡の向こうの少彦名は「やれやれ」と、わざとらしく呟くと、いつのまにか俺の尻ポケットから抜き取った無添加イカゲソをもさもさと食んでみせた。

「おい、イカゲソ返せよ」

「手間賃だ。お主は月読を探しておるんじゃろう?」

「あんた、はじめから知ってたのか」

「神じゃからな。だいたいのことはお見通しじゃ」

鏡の向こうでイカを噛みながらくっくっくと笑った神様は、「ただ、残念ながら」と、アルコール度数高めの吐息を添えて、話を続ける。

「この状況は変えられんよ。我々神は存外無力で、そのくせ頑固だ。月読が一度そう決めたなら、ほかの神がなにかをすることはできん。人世《ひとよ》の未来はこのまま変わらん」

そうのたまった少彦名神は、どこからかもうひとつ徳利を取り出した。「変わらん

変わらん」と、謡いながら清酒を滝のように舌先に垂らす怠惰な姿に、俺はどうしようもない憤りを覚える。

「変わるさ。変えてみせるさ」

「ん？　どうしてそう言い切れる？」

にやつきながら、赤ら顔の神は口ひげについた酒を舐める。

「人類には未来を切り拓く強い想いがあるからな」

「なんじゃ、それは」

今まで挑発的な目で俺を見ていた少彦名の顔がわずかに曇る。対する俺は、口角をいやらしく上げた。

「神のくせに知らんのか？」

俺は波打つイカたちの上に膝立ちになり、未だぬめりけのとれない自分の身体をぎゅっと抱き寄せる。この姿が鏡に映らなくて本当によかった。

にたりと上げた口角を歪ませ、言い放つ。

「ラヴだ」

少彦名は数秒ぽかーんとしていたが、すぐに「こいつは阿呆だ！」と、手を叩いて笑いはじめた。それは一向に収まる気配がなく、俺はいつ鏡を叩き割ってやろうかと拳を握った。神殺しの勇名を馳せるのもやぶさかでない。

「よし、グッバイ神様」

「いや、待て待て。気に入った、気に入ったぞ。我々神は頑固だが、多分に気まぐれだ。そこまで言うなら連れていこう」

「ほんとか！」

「ああ。じゃが、振り落とされるなよ」

存外情に厚い神であるな、と思ったのも束の間、鏡の向こうで髭にまみれた口が小さく動いたのに合わせて、イカたちがやみくもに速度を上げた。

それはまるで安全装置の壊れたジェットコースターが如きスピード感で、イカの群れは俺を乗せているのを失念しているのかとすら思えた。薄暗い廊下はびゅんびゅんと後方に流れ、両の脇を占めるふすまはばたばたと打ち壊れていく。

「うおお！　落ちる、落ちるって！」

「想い人を助けたいのなら、落ちるな阿呆面。貧相な身に全身全霊の力を込めろ」

「まだ頑張らせるのか！　努力を美徳とするのは日本の悪習だぞ！」

「たわけ。人のくせに知らんのか」

神はいやらしく、その口角を上げた。

「人事を尽くしたあとの酒は、格別にうまい」

神はそう言うと「儂、神じゃから知らんけど」と舌を出し、再び手を叩いて笑ってみせた。

*

イカの背に乗る、なんともまぬけな格好のまま少し行くと、お次は少々趣を異《こと》にした廊下に放り出された。そこは先ほどの行燈揺らめく古風なものとは違い、リノリウム材の床が続く、まるで学生棟のような空間だった。けれど、そこは左右に扉が立ち並ぶばかりで窓もなく、どこか陰鬱としている。たまに訪れる曲がり角には非常階段へ続く扉があるものの、鎖で固く閉ざされている。

「ほれ、このどこかじゃ」

神が指さす扉の間を、汗だくの男を乗せたイカの群れが直往邁進《ちょくおうまいしん》していく。これが人世のできごとであれば、ＳＮＳが大騒ぎだろう。妖怪イカサーファーとしてのサクセスストーリーを歩む羽目になったかもしれない。そんな磯臭い汚名を好んで羽織るのはサンボだけでよい。

「して、想い人はどこにおるんじゃ。こんな鬱屈としたところ、はやく出たいのだが」

「俺だってはやく出たいさ。けど――」

流れていく扉を眺める。彼女は以前、蒲田にて俺のいる場所を的確に嗅ぎ当てたが、俺はそんな繊細微妙な嗅覚は持ち合わせていない。彼女がどこにいるかなど、俺には皆目見当もつかない。

「なんじゃ、その程度の繋がりだったのか」

ぶつくさ言う神にでこぴんを加え、俺は反動で揺れ動く左手首のブレスレットに視線を向けた。

かつて彼女はこう言った、「これは御守り」だと。だとすれば、俺はこれをどこに返しに行けばいいのだ。君がいないのなら、どうして返納義務を果たせよう。

ずいぶんと汗を吸ったブレスレットをぎゅっと握り締める。汗如きでは滲みもしない黒々とした四桁の数字が、目に映った。

「もしや――――!」

俺はがばりと顔を上げる。学生棟染みた廊下に立ち並ぶ扉には、ルームプレートが掛けてあった。そこには懐かしいゴシック体で「E1209教室」「E1208教室」などと印字された紙が挟まれている。

そうか、君は今もそこにいるのか。

「少彦名、E0052の扉に飛び込むよう、こいつらに伝えてくれ」

「かまわんが、帰ったらいい酒とつまみを供えろよ」

少彦名が聞き取れないような小さな声でなにかを呟くと、イカたちはさらに速度を上げた。扉に掛けられた番号はどんどん若くなり、次第に五十番台へと近づいていく。

六十番台に入った頃には、波のようにうねっていたイカたちの先頭部はずんぐりと丸くなり、ほんの先にある「E０052教室」の扉目がけて一挙に飛び出した。

その様は打ち出された矢弾のようでやたらと勇ましいが、すべてが無残にも扉に弾かれ落ちてしまう。ドアノブに触腕を掛けたイカも、ずるりと床に垂れていく。

「どうやら扉が開かんらしい」

困ったような声を出す酒神に「コツがあるんだ！」と言い、俺はイカたちとともに扉目がけて飛び出した。身体は強く扉に打ちつけられ、ひどく肩が痛んだ。それでも俺は真鍮製のドアノブを両手で上に引き上げると、一気にそれを蹴破った。

「もし、道を尋ねたいのだが！」

イカの群れと男一匹が、無機質な空間に勢いよく飛び込んでいく。

飛び込んだ先、教室の隅では、彼女の形をした何者かが佇んでいた。輪郭はぼんやりと月色に光っているせいで要領を得ない。無論、額に「労働」の二文字をでかでかと彫りこんだ屈強な男でもなければ、月に代わってお仕置きはすれども、美少女戦士の類でもない。

その者はイカの群れに呑まれると同時に、わかりやすく驚きの声を上げた。

「あなた、ナカガキくん、どうしてここに――！」

「御守りをどこに返せばいいのか尋ねに来たのだが、どっこい、もう見つかった！」

俺は言って彼女の手を取り、群れの上へと引き上げた。

イカたちは教室内でとぐろを巻き、俺と彼女の会話を静かに聴いている。

「あの、わたし、その……」

月白色の瞳を伏せ、彼女は口ごもる。

「いい、いいんだ。君も道に迷っているということは、かつて彼女から聞いている。だから――」

俺が目配せすると、少彦名は「ほいほい」と再びなにかを唱えた。

教室内で押し黙っていたイカの群れは俺と彼女を乗せたまま廊下へと舞い戻り、リノリウム材の床をスポーツカーも顔負けの速度で滑っていく。

「俺でよければ話を聞こう。何度でも！」

がしりと力強く彼女の両肩を掴むと、彼女の身体を包んでいた月色の光は半分ほど溶け落ちる。左の瞳が愛らしい茶色に輝き、ぼやけていた輪郭が質感を取り戻す。

しかし表情ばかりは、依然として晴れ渡ることはない。

「でも、戻ってもどうせ、また嫌なことばかりだもの。どれだけわたしが苦しもうが、頑張ろうが、みんな文句ばかり。ほかとたいして変わらないのに、あたしだけがいつもいつも嫌な思いをする」

彼女は、再度目を伏せた。いつものようにすんっと鼻を鳴らすと、またしても身体がぼやぼやと曖昧になっていく。

彼女の肩を掴む俺の手も、その感触の頼りなさに血の気が失せる。

「そんなもの、俺が公共の電波をジャックしてガツンと世間を黙らせて……」

彼女の弱弱しく、まっすぐな瞳が俺の二の句を打ち守る。

そこでついに気がついた。俺はだからダメなのだと。この期に及んで紳士ぶり、真摯になれない。シャイゆえに謝意を告げられない。他責の奇跡を求めてやまない。これじゃあダメなんだと。弁を弄せず泥臭く、ガツンと鳴らすは我が額であるべきなんだと。

「すまなかった！」

俺は勢い込んで額を地に、いや、イカに付けた。

頭突きを喰らったイカが「ぎゅいっ」と苦し気な声を上げる。

「本当にすまなかった。君はなにも悪くないんだ。悪いのは君のせいにしてきた俺たちのほうなんだ。自分勝手なのはわかっている、都合がいいことを言っているのも重々承知だ。けれど頼む、戻ってきてくれ。俺たちが歩むこの人生は、週六日じゃ足りないんだ。もう二度と自分の怠惰さを、人生の過ちを、君のせいにしたりはしない。俺はもう、愚鈍なまま君を傷付けたりはしない」

れない。

彼女と、彼女に向けたその言葉に、しばらく返答はなかった。

廊下の静寂《せいじゃく》を揺らすのはイカがヒレを踊らせる行進音のみで、怖くて面《おもて》を上げら

そろそろイカの粘液で額がふやけきってしまう頃、彼女はつっと、口を開いた。

「また、やっていけるのかな」

「ああ、きっと大丈夫。それに、嫌なことがあったら酒でも飲めばいい」

「でも……わたしと飲んでも楽しくないって。それに、あたしは飲んだことないし

……」

「ああ、そうだった。うん、そうだった」

なぜ、忘れていたのだろう。

あの日彼女と交わした約束は、こんなにも容易いものだったのだ。

「では、行くぞ！」

「え……どこに？」

「もちろん、決まっているだろう！　頼む、少彦名！」

「ほいきた」

突として再加速するイカの群れは目の前に現れた曲がり角を直進し、そのまま鎖掛けの扉を突き破った。飛び出した先は出雲大社の楼門《ろうもん》のはるか頭上、満月と太陽に照

らされた空の下層。

どうやら俺たちは、楼門の奥に聳える背の高い本殿から飛び出てきたらしい。

「この歌……」

「曰く、君への愛を謳った歌だ！」

足元に広がる境内では、暑苦しい歌が今もなお響いていた。

その歌の中を昇り竜が如きイカの群れに乗り、俺たちは空へ空へと舞い上がる。

出雲の町がだんだんと遠ざかっていく。眼下では早起きのご老人たちが空を仰ぎ、銀ブチ眼鏡の男どもが妙ちくりんなバトルを繰り広げている。もっさりとしたオタクが地に伏し慰められている様を横目に、歩く学生たちは眠そうで、小悪党どもの頭を柔らかく小突く筋肉達磨を、小さな子たちがキラキラとした目で見つめている。

世界は、今日も何事もなく回っている。

それはきっと、素晴らしいことなのだ。

「俺の人生には、俺たちの人生には、君が必要だ！　だから――ッ」

きらきらとほとばしる光の雨を貫くように、彼女の身体からひときわ眩しい光の筋が月へと伸びた。これはきっと、決意を固めた彼女の帰り道なのだろう。

だから俺も覚悟を決め、二色の瞳をした彼女の手を握りしめ、こう叫んだのだ。

「帰ったら、一緒にお酒を飲みに行こう！」

「うんっ――――！」

＊

気がつけば、俺は神楽殿の巨大な注連縄《しめなわ》の下に倒れていた。目の前には中里さんも倒れていて、穏やかな寝息を立てている。なんともロマンティックな朝だ。

だが両者とも、その身体はぬめぬめと磯臭い。

「中里さん」

てらてらした肩をわずかに揺すりはすれども、一向に起きる気配がない。俺は仕方なく彼女を背負い、朝を迎えた出雲大社の敷地内を歩いた。背中に全神経を集中していたという噂もあるが、それは是認しかねる。だが、あえて強く否定もしない。

さて、家に着いたらもう日曜日も終わる頃合いだろう。疲れに任せて眠るほかに、やるべきことなどない。

そして目が覚めたら、また新しい一週間が幕を開けるのだ。

「おーい」

動きだした町の喧騒には、聞き慣れた声が混じっていた。

ボロボロの姿で集まってきたのは各所で戦いを終えた阿呆たち。

その中でひときわ青あざだらけの男が、俺の背中ですやすやと眠るぬめぬめの中里さんを見て、叫びを上げた。

「このスケベ野郎！」

エピローグ　続・普遍的人生についての記述

出雲での騒動から月日は流れ、俺は以前と同じ生活に戻っていた。

会社では堺さんのオーディオ蘊蓄を聞き流し、片岡と不毛な時間を過ごし、定本さんに癒しを求める。そんな愛おしい生活に全身どっぷりと浸かっている。

無論、布団の中で二度寝するかしまいかを検討している今でさえ、その愛おしい生活の一部である。

外はだいぶ暖かくなった。冬は寒くて布団から出られないが、春は春で暖かいため布団から出ることは困難を極める。布団というのは活動的に生きる現代人にとって非常に厄介な代物だ。そして、そのふわふわとした肌触りは実に愛らしい。これでは遅刻もやむなしである。

長いこと無断欠勤していた彼女も、今ではなに食わぬ顔で日曜日と火曜日に挟まれて週に一度の仕事をこなしている。もう彼女の仕事ぶりにケチをつける奴はほとんどいない。

一週間が七日に戻った秋の日。あの日を境に、世間は働き方改革に本腰を入れるようになった。

政府は新しい祝日を暦に加え、一日八時間であった標準労働時間の見直しを図り、そもそもの週休を土日に固めることをやめた。今春から週休三日になった企業も少なくない。企業に縛られない働き方を選択する人だって増えている。

労働時間が長くなりがちな一部の職種については、給与面での待遇の見直しと人件費増額による人員増加が、今夏施行する法令によって推し進められることになっている。サービス業に関しても、業界内で意思統一を図り、各社ごとに特定の曜日を定休日にするなどの対策を講じはじめたそうだ。

都内のコンビニでさえ、二十四時間営業をやめる店舗が増えつつある。ふらりと夜中にアイスを買いに行けないのは少し寂しい気もするが、それもまたいいだろう。とかく、夜中のアイスは太りやすい。

そういえば、ひとつ愉快な話がある。

少し前からインターネットを騒がせている「歌で世界を変えた男」の話だ。

それは、とある無名配信者の生配信に端を発したもので、なんでもその男は光の雨が降りしきる中、カーペンターズの「雨の日と月曜日は」を高らかに歌い上げ、この世界に月曜日を呼び戻したらしいのだが、今になっても表舞台に名乗り出てこないというのだ。

俺はあまりにもくだらないので、ロックに「目立つチャンスじゃないか」と言ったのだけれど、彼は彼で「よくわからん奴らに数メートル程度持ち上げられる暇があったら、おれはひとりで宇宙まで飛ぶぜ」と頑なに出頭を拒否。現在も東京の空を飛び回り、虎視眈々と宇宙船の空席を狙っている。

まあしかし、いずれバレるだろう。こいつはそのうち自発的に月面辺りで歌いだすのだから。その時はぜひ、手を叩いて笑ってやろうと思う。

ほかの阿呆どもはといえば、カイワレは今秋結婚を予定しているため絶賛色ボケ中で、サンボはサンボでイカを活かした同人で一発当てたおかげか、よりいっそう羽振りがよい。そして、ダザイは飽きもせず天パである。

世間や周囲が大なり小なり変わりゆく中、俺はといえば、あれから休日を利用して全国の神社巡りに勤しんでいる。飲酒以外にようやくまともな趣味ができたため、人生の満喫度は飛躍的に向上したといえるだろう。

訪れるのはもちろん、月読命が祀られている神社だ。全国に約七百社もあるため、当分行先は尽きそうにない。

あの時手助けしてくれた少彦名には、今のところ神棚に安くて旨い酒とさきいかをお供えするに留めているが、今度あいつが祀られている神社にも上等な酒を持ってお参りしてやろうと思う。由良比女神社には、いつかサンボでも派遣しよう。

でもその前に、かわいいかわいい妹の楓と一杯やるのも忘れてはいけない。「えー、お兄ちゃんとお酒飲むのー」なんて言われそうだが、そこは頭を下げてでも一献《いっこん》傾けてもらおう。その時には楓の振袖姿を見て涙を流した両親にも一緒に卓を囲んでもらう。たまには家族水入らずで無頓着に語らうのも、悪くはないだろう。

さて、ここで「その後彼女とどうなったのか！」という破廉恥な疑問が湧きあがるのも無理はない。だがしかし、この場において彼女の御朱印帳《ごしゅいんちょう》がどのようなもので、旅先ではどのようなお土産を買うかなど、そんな些末な出来事を書き並べたら、四百字詰めの原稿用紙があと千枚あっても足りないだろう。俺の筆が乗ってしまうことも、想像に難くない。

ひとつ言えるとすれば、彼女は結構な酒飲みだということだ。

寝ぼけ眼をちらりと開き、カレンダーを眺める。

気がつけばもう四月だ。多くの新しい社会人が生まれ、桜にまみれた学生たちは甘酸っぱい青春を綴っていく。

素晴らしい日々が、どんどん生まれていくのだろう。

労働に従事する者、学業に励む者、英雄を目指す者、毎日を物憂げに過ごす者。みなに善き月曜日があらんことを願ってやまない。

ああ、そういえばひとつ、あなたに伝えたいことがあった。冒頭で「これは、あなたの話かもしれない」とうそぶいたこと、謝りたい。申し訳ないことをした。

だが、どうだろう。今のあなたは、自分の人生を汗だくになるまで本気で生きているだろうか。日々の退屈を、ほかの誰かのせいにしてはいないだろうか。

学業に、仕事に、恋に、遊びに、過ぎていく日々に、全力で取り組めているだろうか。

もし取り組めていないのだとしたら、今からでも遅くない、取り組むべきだ。受動的冒険を望んでいても仕方がない。

なにせ、一週間は七日しかないのだから。

そんな勇ましいことを言っても、俺は未だ布団の中である。まるで説得力がないが、本気で遊んだ休み明けの出社は、そう気が進むものではない。

「くわぁ」と欠伸をひとつしたところで、あることを思い出す。

そうだ、今日は会社に行かなくてもいいんだった。

布団からはみ出た左足をぬくもり満ちる空間へと戻し、再び目を閉じ横になる。

全力で寝ることに飽きたら、なにをしようか。読めていなかった本を読むのもいい。たるんだ身体を引き締めるため、スポーツで汗を流すのもいい。流行りのアニメを一気見してもいいし、積んでいたゲームを攻略するのも悪くない。昼間から楽しく酒を飲んだり、あてもなく町をうろつくのもいいだろう。想い人にそれとなく連絡をしてみるのも、また一興である。

なにをするのも、己の自由だ。

愛すべき日々が、今週もはじまる。

白いカレンダーの上で目立つのは、いつもと顔色の違うあいつ。

愛され慣れていない月曜日が、真っ赤に照れていた。

『月曜日が、死んだ。』〈了〉

文芸社文庫NEO

月曜日が、死んだ。

二〇二〇年十一月十五日　初版第一刷発行
二〇二一年九月十日　初版第二刷発行

著　者　新馬場新
発行者　瓜谷綱延
発行所　株式会社　文芸社
〒一六〇－〇〇二二
東京都新宿区新宿一－一〇－一
電話　〇三－五三六九－三〇六〇（代表）
〇三－五三六九－二二九九（販売）
印刷所　株式会社暁印刷

©SHINBANBA Arata 2020 Printed in Japan
乱丁本・落丁本はお手数ですが小社販売部宛にお送りください。

送料小社負担にてお取り替えいたします。

本書の一部、あるいは全部を無断で複写・複製・転載・放映、データ配信することは、法律で認められた場合を除き、著作権の侵害となります。

ISBN978-4-286-22100-7